IVOIRE

Rue de l'échiquier fiction

IVOIRE
SANG

Rue de l'échiquier fiction

Tania James

Traduit de l'anglais (États-Unis)
par Brice Matthieussent

D'IVOIRE ET DE SANG

Éditions Rue de l'échiquier
12, rue du Moulin-Joly, 75011 Paris
www.ruedelechiquier.net

ISBN : 978-2-37425-298-8
Dépôt légal : septembre 2021

Tania James

D'IVOIRE ET DE SANG

Traduit de l'anglais (États-Unis)
par Brice Matthieussent

Rue de l'échiquier fiction

Pour Rachel Kurian et Mariakutty Lukose,
les matriarches

COLONEL HATHI : Un petit d'homme !

(Saisissant Mowgli avec sa trompe.)

Oh, mais c'est une trahison ! Sabotage !

Je ne veux pas de petit d'homme dans ma jungle !

MOWGLI : C'est pas ta jungle !

Extrait du film de Walt Disney, *Le Livre de la jungle* (1967)

Il ne reste rien de ma maison,
alors je transporte ma maison avec moi

Lisa Ciccarello,
« One Way of Doing Battle »

L'ÉLÉPHANT

On l'appellerait le Fossoyeur. Il porterait d'autres noms : le Maître Bourreau, le Toqué des Jaques, le grand Sooryamangalam Sreeganeshan. Durant sa jeunesse, son nom fut un son que seuls ses parents savaient émettre depuis les cavités de leur gorge. Quelque part dans sa tête, tout au fond de sa mémoire, il le gardait précieusement.

Il conservait aussi d'autres souvenirs : courir entre les pattes de sa mère, vadrouiller dans les parages de ses traces. L'écorce tendre des arbrisseaux, les affleurements de sel, les lentilles d'eau, l'odeur puissante de la rivière, qui s'ouvrait et se refermait autour de ses pieds. Il se rappelait sa mère le prenant sur son dos avant de s'élancer depuis la berge. Ainsi, leur clan traversait les flots, une île de collines et de trompes dressées.

Il y avait deux mâles parmi eux, un vieux mélancolique et un jeune de douze ans, doté de deux petites pointes d'ivoire que, du bout de sa trompe, il flattait sans arrêt. Durant leurs vagabondages, le vieux rameutait les traînards ; mais dès qu'on repérait une odeur humaine dans le voisinage, les femelles, toutes affaires cessantes, formaient un cercle autour des deux mâles. Elles savaient ce que l'homme cherchait. À la place, elles lui proposaient leur croupe.

Il effectuait les mêmes trajets depuis des années, ce clan, des trajets que les employés de l'Office des forêts aménageaient en sentiers praticables pour eux. Les pachydermes connaissaient jusqu'au moindre virage et accident de terrain, chaque crâne défoncé et chaque mâle qu'ils rencontraient en chemin. Mais le Fossoyeur n'avait pas encore appris tout ce qu'il y avait à savoir. Sa grosse trompe malhabile ne percevait pas tout ce que sa mère sentait – le silence soudain dans le rythme des choses, le danger dans l'air.

Le Fossoyeur était âgé de quelques années quand cela arriva ; il était toujours nouveau dans le monde, mais assez grand pour que sa mère ait un autre bébé. C'était une petite femelle pataude. Elle vacillait entre les colonnes des pattes maternelles, là où lui-même avait autrefois vacillé. Dès qu'il tentait de revenir sur ses pas pour retrouver l'ombre de sa mère, elle grondait et, de sa trompe, le poussait devant. S'il traînait derrière, elle remuait la queue jusqu'à ce qu'il s'en saisisse, tous deux avançant alors en tandem, renouvelant leur contact.

Ils émergèrent de la forêt touffue dans l'odeur algale et boueuse du lac. Le plan d'eau s'ouvrait largement devant eux. Le Fossoyeur fut le premier à s'y jeter, tandis que sa petite sœur hésitait sur la rive en regardant l'eau sombre ramper vers ses pattes. Le vieux mâle lança sa trompe en l'air et s'arrosa le dos.

Au crépuscule, ils se promenèrent à flanc de montagne. La forêt *shola* alternait avec des prairies, piquetées çà et là de buissons et d'arbres vigoureux, capables de résister au froid. Le vent, qui avait molli, ne porta pas vers eux, comme il l'aurait fait d'habitude, l'odeur de l'homme qui attendait dans les branches d'un résineux.

Un coup de feu déchira le silence. Le Fossoyeur tituba, pris dans le chaos des pattes et des hurlements. L'homme perché dans l'arbre pointait un long fusil. Un autre coup de feu – le vieux mâle barrit, d'une voix profonde et sinistre. Le Fossoyeur pivota à la recherche de sa mère et, lorsqu'il repéra enfin son odeur, il la vit rugir face à l'homme armé qui visa la bouche et tira.

Sa tête bondit en arrière. Ses pattes avant quittèrent le sol durant un instant irréel, avant de retomber et de se replier sous elle. Toute sa masse s'effondra avec un bruit sourd qui fit trembler la terre et traversa tel un courant les tendres coussins des pattes du Fossoyeur.

Il la rejoignit. Il toucha sa trompe chaude, allongée sur le sol, mais inerte. Il palpa ses plis et ses replis, jusqu'à son extrémité, unique doigt vide avec lequel, moins de deux heures auparavant, elle lui avait tendu une groseille à maquereau. L'odeur calcinée de sa blessure. Aucun air dans ses narines, nulle lumière dans son œil.

Partout, la puanteur du métal brûlant et de la fumée.

Il regarda deux hommes grimper sur la tête du vieux mâle. Ils firent aller et venir une scie en travers de la trompe. Le sang leur couvrait les mains et saturait l'air quand l'organe mou roula à terre. Ils attaquèrent une défense au burin, entaillant la chair, et ils donnèrent des coups de marteau de l'autre côté, burinant et martelant jusqu'à ce que la défense tombe doucement de sa racine, aussi facilement qu'un fruit.

Ils firent subir cela au vieux mâle et au jeune, ouvrant et dépeçant chaque tête avec précision et efficacité. Puis ils remarquèrent sa présence.

Un homme marcha vers le Fossoyeur, ses cheveux dégageaient l'odeur poisseuse d'un produit chimique mêlée à celle de l'ananas pourri. À chaque pas de l'homme, le monde parut rétrécir. Il tenait un couteau.

Le Fossoyeur sentit l'urine couler le long de sa patte. Il se pressa contre le ventre encore chaud de sa mère et attendit la mort.

L'homme dépassa le Fossoyeur, contourna le flanc maternel. Le Fossoyeur ne vit pas ce qu'il faisait. Tout ce qu'il entendit fut le doux chuintement du couteau. Tout ce qu'il sentit fut la puanteur de l'ananas pourri.

Enfin, l'homme contourna de nouveau le corps de l'éléphante puis s'éloigna pour retrouver ses semblables. Une queue tranchée oscillait sous son poing, comme une invite.

LE BRACON-NIER

Tout le monde à Sitamala croit connaître l'histoire de mon frère. Bien au contraire. Ces gens connaissent peut-être la musique, mais je suis prêt à parier un demi-sac de poivre qu'ils ignorent tout des paroles. Je reproche leurs calomnies aux parentes de sa femme, toutes ces sœurs perfides aux larges hanches, dont aucune n'a la moitié de la beauté de Leela.

Notre père était riziculteur. Il venait d'un temps où le paysan exerçait une noble profession, où les gens recherchaient notre *gandhakasala* et notre *rosematta* pour leur parfum supérieur au riz bon marché qu'on importe aujourd'hui du Viêtnam. Qui se rappelle cette époque, maintenant que toutes ces terres sont en friche et que tant de fils de paysans sont partis se prélasser dans le confort d'un bureau ? Et qui suis-je pour leur en faire reproche, moi qui ai vu le Fossoyeur de mes propres yeux et humé son haleine comme un flot de vapeur sur mon visage ?

Certains prétendent que mon frère est tombé dans le piège qu'il avait posé à l'éléphant. Je leur réponds que leurs opinions ne valent pas un pet de lapin. Je vous emmènerai moi-même jusqu'au Fossoyeur pour que vous regardiez au fond de son œil couleur de miel. Je vous raconterai le jour où il a posé pour la première fois la patte sur nos vies dérisoires. Alors vous me direz qui était le chasseur et qui la proie.

Pour comprendre nos ennuis, vous devez d'abord savoir ce qui est arrivé à mon cousin Raghu. Quand je pense au pauvre Raghu, je le vois attiser un petit feu. Je le vois écarter une branchette pour laisser les flammes respirer. J'ai maintes fois convoqué cette image comme si j'étais avec lui au *palli* tel que j'aurais dû l'être cette nuit-là.

Le *palli* était une boîte d'allumettes au toit en paille de riz et aux pilotis de bambou échouée au beau milieu de la rizière de son père, identique aux autres cahutes dans les champs voisins. Si un troupeau d'éléphants maussades envahissait la rizière, nous devions agiter la lanterne et lancer le long cri d'alerte qui pousserait les autres à nous imiter. Si ça ne suffisait pas à effrayer la harde, nous avions recours aux pétards et aux fusées. Mais ces animaux voyaient clair dans notre jeu. Ils savaient d'expérience que tout notre boucan était sans conséquence, et ils continuaient donc à dévorer nos six mois de travail éreintant. Nous faisions parfois appel à l'Office des forêts : il envoyait trois ou quatre hommes pour aveugler les intrus avec des projecteurs et tirer des coups de feu avec de vieilles pétoires. Nous les surnommions les « dos-verts » à cause de leur uniforme vert miteux et de leur amour des billets de la même couleur.

Ces troupeaux comprenaient surtout des femelles, qui ne s'attaquaient pas à l'homme, sauf si l'on faisait des misères à leurs petits. Il n'y a rien de plus effrayant qu'une mère enragée. Dans ma jeunesse, j'ai entendu parler d'une femelle qui avait serré contre elle le cadavre de son bébé pendant des jours entiers, sans qu'on puisse l'en séparer.

En revanche, le mâle solitaire était parfois un intrus très remuant. Si l'un de ces animaux nous rendait visite, nous devions bondir hors du *palli* et rentrer chez nous aussi vite que possible. Ne vous laissez pas duper par les loques qu'on voit au zoo : l'éléphant court ! Demandez donc au père de Raghu, qui avait seulement vingt ans lorsqu'un mâle tomba sur lui en train de roupiller dans le *palli*. Synthétique Achan survécut seulement parce qu'il savait que l'éléphant a la vue basse. Si tu cours tout droit, tu te fais piétiner. Cours en zigzag et tu auras la vie sauve.

Synthétique Achan trouvait Raghu trop jeune pour monter la garde tout seul dans le *palli* et il m'embaucha aussi. J'ignore où j'étais cette nuit-là, sans doute en train de tenter ma chance avec une fille aux fesses voluptueuses. Que dire... À dix-neuf ans, j'avais découvert que mon visage tapait dans l'œil de certaines filles, enfin façon de parler. Je faisais semblant de me désintéresser de mon apparence, mais Raghu me taquinait à cause de la crème que je me mettais parfois dans les cheveux. Il m'avait surnommé Roi du style, comme dans :

« Hé, Roi du style, t'as pris un bain de brillantine ou tu t'es collé tout le tube dans le cul ?

– Yamini aime ça.

– Dans le cul ?

– Ne parle pas de son cul.

– J'entends ce que j'entends. Et d'après la rumeur, je ne la toucherais même pas avec une perche de marinier. »

On se chamaillait, mais nous tirions réconfort de nos odeurs macérées et de l'éclat de nos dents dans l'obscurité. D'autres fois, nous nous murions dans le silence, chacun se demandant intérieurement quel avenir l'attendait. J'avais l'habitude de somnoler, ce que Raghu tolérait à la rigueur, mais il me secouait dès que je m'endormais pour de bon.

«Tu te crois où ? s'écriait-il alors en agitant les mains près de son visage. Dans tes chiottes perso ?»

Chaque fois qu'il me réveillait, gentiment, je savais que je venais de parler en dormant, de chuchoter quelque chose comme : *Où est Jayan où est-il*, même si Jayan était de retour à la maison depuis six mois déjà. Pour m'épargner cette honte, Raghu disait seulement que je m'étais encore endormi.

Si humble fût-il, notre *palli* avait une vue cinq étoiles. Au nord, la tour de téléphone montait jusqu'au ciel. À l'est, une chouette dardait son regard perçant depuis une perche en bambou et faisait pivoter sa tête pour repérer les rongeurs parmi les tiges. À l'ouest, nous regardions le soleil se coucher au-dessus des tecks de la forêt, aussi connue sous le nom de «réserve naturelle de Kavanar». Nos parents avaient parcouru cette forêt bien avant qu'on l'affuble de cette appellation prétentieuse. Les nouvelles lois nous en interdisaient désormais l'accès : pas question de s'y balader ni même de ramasser la moindre brindille pour le feu sans écoper d'une amende pour intrusion et vol. Voler des arbres qui depuis des siècles nous fournissaient leurs fruits et leur bois ! Par ailleurs, ces mêmes lois étaient douces pour les dos-verts et les exploitants forestiers, leurs rangées de bois de rose, d'eucalyptus et de teck.

Je n'avais aucune patience pour les divagations de Raghu qui décida de me raconter en détail le spectacle auquel il avait assisté la veille, avec dans le rôle principal sa nouvelle idole : Ravi Varma, le vétérinaire. Je n'avais jamais vu ce docteur Ravi Varma, même si j'avais entendu parler de ses exploits avec les dos-verts, des sbires que je détestais, et lui aussi du même coup.

Quels actes héroïques ce véto avait-il donc accomplis pour mériter l'adoration de Raghu ? Il avait tiré un éléphanteau hors du fossé d'une plantation de thé où le pauvre petit était tombé, au grand désespoir de sa mère. Je dis à Raghu que ma vieille *mammachi* cinglée aurait pu extraire cet éléphanteau de n'importe quel fossé.

« Non seulement ça, s'enflamma Raghu, mais le vétérinaire s'est arrangé pour que la mère *reprenne* son petit. »

C'était un pur mensonge.

« Une mère éléphant refuse un petit qui a été touché par les humains. Tout le monde le sait.

– Mais elle l'a fait ! En plus, elle a remercié le véto.

– Ils ont échangé une poignée de mains ?

– Et y avait deux Blancs, qu'ont tout filmé. Des gens de la BBC, je crois. »

Ça me fit réfléchir. À cette époque, il était rare de voir des étrangers dans les environs. Et puis nous n'étions ni assez pauvres ni assez célèbres pour apparaître sur les écrans occidentaux. J'étais un tout petit peu intrigué. Que nous voulait donc la BBC ?

Raghu soupira, toujours ébloui par le souvenir du docteur Ravi Varma. « C'était quelque chose, Manu, je te le dis. »

Raghu pensait-il à la mère et à son petit, en ce soir ultime ? Ce souvenir sentimental l'a-t-il poussé à baisser la garde ? J'imagine sa dernière heure solitaire, je le vois dériver vers le sommeil, commencer d'y sombrer, avant de soudain se redresser en entendant une branche se briser.

Dans le silence qui suit, il regarde d'une porte à l'autre. Il peut inhaler à fond et lancer son cri, initier d'autres cris dans les *pallis*, mais si c'était seulement une brindille dans le feu ? Il m'entend déjà me moquer de lui : *Une branche brisée au milieu d'une rizière ?*

Raghu se blottit sous sa couverture, pour se protéger d'hypothèses effrayantes.

Après une minute parfaitement silencieuse, il respire à nouveau, soulagé de ne pas s'être mis à croasser comme un oiseau débile. La fumée du foyer le réconforte, il est certain que je vais arriver. En attendant, il va s'occuper seul de ce feu.

La cinéaste

Il y a longtemps, à l'époque où les montagnes se hérissaient de forêts, un garçon sortit des bois et rencontra un homme blanc aux yeux bleu de porcelaine. Ce Blanc était un ingénieur britannique envoyé pour tracer une route royale à travers les montagnes, mais il ne trouvait pas le moindre sentier. Il n'était pas un explorateur, et puis la forêt était touffue, mystérieuse. Le garçon, qui vivait là et connaissait les secrets locaux, ne pouvait-il pas lui montrer par où aller ?

Le garçon demanda de l'argent et la montre de l'ingénieur.

L'ingénieur tendit sa montre – pour l'argent, on verrait plus tard – et suivit le gamin dans les montagnes, sur un chemin déjà tracé par les éléphants. De temps à autre, le garçon s'arrêtait et disait qu'il devait rentrer chez lui, car sa mère l'attendait ; il n'avait pas le temps d'aller jusqu'au sommet. Encore un peu, le priait chaque fois l'ingénieur, juste encore un peu.

Au coucher du soleil, ils atteignirent le sommet. L'homme plissa les yeux vers les montagnes situées plus loin et sourit comme s'il venait de recevoir un grand héritage.

« Heureux maintenant ? s'enquit le garçon. À présent, donne-moi mon argent.

– Juste une minute, répondit l'ingénieur en plongeant la main dans la poche de sa veste.

– Je ne peux plus attendre, insista le garçon.

– C'est vrai », dit l'ingénieur en sortant son pistolet, avant d'appuyer sur la détente et de fracasser la tête de l'enfant.

L'ingénieur ôta la montre du poignet du gamin mort. Il pensa à celle, encore plus grosse, qu'il achèterait dès que la route serait construite et baptisée du nom de cet Anglais qui avait trouvé tout seul l'itinéraire à travers les Ghats.

En réalité, cette balle donna au garçon mort tout le temps du monde. Maintes années plus tard, son esprit s'installa dans les creux d'un banian, le long de la route construite par l'ingénieur, et renversa les voitures pour se venger. Il fallut qu'un prêtre entoure l'arbre de chaînes ; l'esprit fut ainsi rendu inoffensif et les rapides automobiles purent à nouveau négocier ce virage sans risque. On en parla désormais comme de l'Arbre enchaîné.

Je me penchai par la fenêtre du taxi pour apercevoir l'Arbre enchaîné. J'avais entendu cette légende lors de mon premier jour à la réserve naturelle de Kavanar et je m'attendais à un géant tout tordu et mythique. En fait, ce banian semblait anodin, décoré de chaînes qui pendaient de ses branches comme des guirlandes de fête.

La route elle-même était beaucoup plus impressionnante, bordée d'éboulis, multipliant les épingles à cheveux et les panoramas à couper le souffle. Notre chauffeur de taxi semblait se croire invincible, peut-être même immortel, à voir la façon acrobatique dont il évitait voitures, scooters, camions, minivans, camions-bennes et un groupe de piétons portant un mouchoir sur la bouche pour éviter d'inhaler trop de poussière. Le rosaire accroché au rétroviseur lui tapotait le dos de la main. Il n'y prêtait guère attention, pas plus qu'aux panneaux d'avertissement filant régulièrement devant nos yeux :

DÉPASSER SANS PRUDENCE
MÈNE DROIT À L'AMBULANCE

Le tournage me tracassait ; ces panneaux décuplaient mon inquiétude. Assis près de moi, Teddy regardait par la fenêtre, placide et rêveur.

« On aurait dû louer une seconde caméra, dis-je.

– Qui aurait pris le son ? me demanda Teddy.

– Suffit d'installer un micro sur la caméra. Tout le monde fait ça. »

Cette idée fit grimacer Teddy. C'était un puriste de la qualité du son, même s'il se portait rarement volontaire pour s'en occuper.

« Je ne sais pas comment on va se débrouiller pour tout prendre avec une seule caméra, dis-je.

– On va pas tout prendre, Em. Une fois que tu l'acceptes, tu te sens vraiment libéré.

– Tu joues au bouddha avec moi ? »

Teddy ne répondit pas, il était devenu bouddha pour de bon. Devenir bouddha était crucial pour lui : ça lui permettait d'affronter une situation chaotique, armé de sa seule caméra et de son instinct. Aucun de nous deux ne savait ce que ce tournage nous réservait, mais une mission de sauvetage impliquant des éléphants suggérait un certain chaos.

Le taxi brinquebalait à travers les plantations de café et de thé, des rangées de buissons sur de faibles pentes, couvertes de baies rouge vif. Un chêne argenté oscillait dans le vent, son tronc taché d'œillets d'Inde. Moins faciles à voir étaient les fossés creusés autour des parcelles pour empêcher les éléphants sauvages de manger les baies. De temps à autre, une mère et son petit pillaient les buissons ; l'éléphanteau glissait parfois et dégringolait dans le fossé, hors de portée de sa mère.

C'était là que le docteur Ravi Varma et son équipe devaient intervenir. Voilà ce qui m'obsédait depuis un an, voilà pourquoi Teddy et moi avions pris trois avions et un train pour filmer l'événement.

J'avais eu cette idée avant de la soumettre à Teddy. À la sortie de l'université, nous étions en train de chercher un sujet pour notre premier film documentaire quand le magazine d'une compagnie aérienne m'apprit l'existence de Ravi. Les photos adorables et un peu floues d'éléphanteaux me touchèrent pour des raisons évidentes ; la description du vétérinaire avait un fort potentiel dramatique :

> *Le docteur Ravi Varma passe toutes ses journées et la plupart de ses nuits au Centre de sauvetage et de réhabilitation de la faune dans la réserve de Kavanar. Ses biens les plus précieux incluent ses baskets camouflage, son rhum médiocre et ses douze T-shirts anthracite. Il préfère cette couleur depuis le jour où il a commis l'erreur de porter des vêtements blancs lors d'une réunion entre un éléphanteau et sa mère. Celle-ci l'a aisément repéré, aussi visible qu'une ampoule électrique dans la verdure environnante, et lui a donné la chasse.*

J'appris que Ravi Varma était vétérinaire en chef au Centre de sauvetage et de réhabilitation, et qu'il était connu pour ses méthodes d'intervention atypiques. Il était le pionnier de cette «réunion», une technique que peu de vétos osaient essayer sur les éléphanteaux en difficulté.

> *«Selon une idée fausse, mais très répandue, les éléphants rejetteraient tous les petits ayant été en contact avec des mains humaines, dit Varma. Mais nous avons appris que la réunion doit être instantanée – la rapidité est la clef.»*

Nous traquâmes le docteur Varma et, après quantité d'échanges téléphoniques, il nous assura qu'il y aurait pléthore d'accidents et de sauvetages à filmer. J'envoyai une ribambelle de demandes de bourses avant de recevoir deux réponses positives. Le père de Teddy, un chirurgien de la main, lui acheta une caméra et du matériel de prise de son plus chers que ma voiture. À l'automne 2000, nous nous envolâmes pour l'Inde du Sud avec nos sacs d'équipement sur l'épaule, que les agents de sécurité de l'aéroport examinèrent avec lenteur et méfiance.

Voici plusieurs mois que Teddy et moi vivions au Centre de sauvetage, une période de *Pax Romana* durant laquelle aucun accident n'avait eu lieu, nous obligeant ainsi à tourner des plans dotés de toute la profondeur et la subtilité de clips publicitaires. Une ou deux fois – à mon grand désarroi –, Teddy m'avait suggéré d'inclure une voix off à la Morgan Freeman; mais c'était beaucoup demander, car on ne trouve pas une voix pareille sous le sabot d'un cheval. «Tu as une bonne voix, tu pourrais essayer», avait insisté Teddy, mais j'avais déjà tenté l'expérience du doublage, et je m'étais sentie très vexée lorsque l'enregistrement avait révélé le couinement d'une souris s'efforçant d'imiter le langage humain. Pour rien au monde je ne voulais récidiver. Je ne m'attendais pas à un film parfait, mais je désirais surveiller chaque plan, chaque choix. D'autres gens de mon âge avaient déjà des tournages à leur actif, un curriculum vitae ; en ce qui me concernait, un seul film suffirait à mon bonheur, même s'il ne contenait pas une kyrielle d'événements palpitants. Il ne restait que deux semaines avant notre retour aux États-Unis lorsque se produisit un coup de théâtre : Ravi nous appela depuis son portable afin de nous informer qu'il allait tenter de sauver un éléphanteau. Voilà enfin le désastre que Teddy attendait, à cette époque où un éléphanteau tombé dans un fossé était le désastre le plus terrible que nous pouvions imaginer.

À notre arrivée, l'équipe de Ravi s'activait en vain depuis trois heures. Nous nous frayâmes un chemin entre des hommes assemblés pour regarder la scène. Teddy leva sa caméra, mais tout ce que je voyais, c'était une douzaine de têtes couvertes de cheveux brillants, pas la moindre calvitie parmi ces hommes, un phénomène que Ravi attribuait fièrement à l'huile de noix de coco.

Teddy progressait à travers cette petite foule avec une expression détachée mais souriante, comme s'il était habitué à dominer tout le monde d'une bonne soixantaine de centimètres. J'étais aussi visible que lui, avec mon chignon cuivré, mon coupe-vent jaune, ma longue perche terminée par un micro dans sa bonnette antivent. Chaque fois que nous filmions, je m'attendais à ce que tout le monde se retourne et s'approche de nous comme de la limaille de fer attirée par un aimant, mais pour l'instant tous les yeux restaient fixés sur l'éléphante.

Elle se balançait au bord du fossé. Je ne voyais pas l'éléphanteau, coincé quelque part tout en bas. La femelle tournée vers nous battait des oreilles, aussi désespérée par son petit bloqué dans le fossé que par nos minuscules yeux scrutateurs.

J'interrogeai un homme dont la chemise à boutons, couverte de vagues psychédéliques roses et orange, suggérait qu'il connaissait l'anglais. Le type se pavana devant l'objectif, déclara qu'un bébé éléphant était tombé dans un fossé, que les gars de l'Office des forêts avaient déjà tiré plusieurs cartouches à blanc pour effrayer la mère et sauver le petit. Mais la femelle ne bougeait pas d'un poil, elle pleurait et lançait des mottes de terre dans le fossé comme pour y construire une rampe.

« Elle est complètement bouleversée, tu vois. Et si les gars de l'Office des forêts s'approchent trop, elle risque d'abandonner son petit. Si jamais un humain le touche... »

Il secoua la tête, serra les mains derrière son dos.

« La mère l'abandonnera, c'est sûr.

– Qu'arrivera-t-il alors à l'éléphanteau ?

– On le capturera, on le domestiquera, et voilà. »

Nous regardâmes la femelle agiter sa trompe au-dessus du fossé. J'observais des éléphants depuis si longtemps que j'oubliais parfois que cette trompe était un organe magique, semblable à un bras jaillissant au milieu de la face, assez musclé pour abattre un arbre, assez délicat dans le contrôle de sa mince extrémité exploratrice pour saisir un haricot de Lima. Mais même ce membre miraculeux ne réussissait pas à sauver le bébé. La mère se dressait là, devant nous, énorme et désespérée, pugnace et hébétée.

Je réussis à dire merci avant que Teddy m'entraîne vers la foule réunie près du van de Ravi. Assis à l'arrière, il rassemblait sur ses cuisses tout un assortiment de flacons et de bocaux, ainsi que des aiguilles d'une longueur cauchemardesque. Teddy s'accroupit dans le van, puis braqua son objectif vers les curieux qui se pressaient contre le pare-chocs, tandis que je tendais mon micro, réglais les boutons sur mon magnétophone DAT fixé contre ma hanche.

« Aha, dit Ravi sans lever les yeux. Les médias ! »

Après des mois de tournages presque quotidiens, Ravi était à l'aise devant la caméra, conscient du genre d'informations que nous cherchions, des petites phrases qui séduiraient le spectateur. Il se lança dans des explications impromptues tout en enfonçant une seringue dans un petit bocal contenant un liquide clair :

« C'est de la xylazine kétamine pour le pistolet tranquillisant. Ce qu' est le plan B. Le plan A, ce sont les balles en caoutchouc.

– Pourquoi ne pas commencer par le tranquillisant ? » demandai-je.

Teddy se rapprocha des mains de Ravi : elles tournaient habilement, aspiraient le liquide dans la seringue.

« La mère pourrait tomber, se casser une patte. Et si jamais elle dort encore quand nous aurons sorti l'éléphanteau de son fossé ? Nous ne pouvons pas jouer aux baby-sitters avec lui ; ensuite, elle n'en voudra plus. »

La foule s'écarta pour faire place à Ravi ; tous les yeux se fixèrent avec respect sur le pistolet tranquillisant. Il rassembla une haie d'employés de l'Office des forêts et Bobin, son assistant. (Le nom « Bobin » m'avait d'abord donné l'impression d'une erreur administrative, mais en tant que comparse maigrichon de Ravi, tel le Robin de Batman, le prénom de Bobin lui convenait très bien.)

Ravi marchant en tête, l'équipe pataugea entre les rangées de buissons, les fusils dressés en l'air. Le silence gagna la foule. Teddy, qui avait fait pivoter l'écran LED de la caméra, regardait tantôt celui-ci, tantôt le fossé.

L'éléphante se tourna vers nous d'un air menaçant ; aussitôt, sa peur et sa fureur me submergèrent, une chose enfouie tout au fond des os, aiguisée par des années passées à fuir les humains armés de fusils. Elle émit un grondement sourd, agita violemment les oreilles ; les hommes s'approchèrent. Seul Bobin avançait sans arme, une grosse corde enroulée autour de l'épaule, une tache de sueur dans le bas du dos.

Ravi cria et un employé de l'Office tira la balle en caoutchouc. Rata sa cible.

L'éléphante gonfla ses poumons et barrit. Mon corps se crispa : sur tous les cadrans du magnétophone, l'aiguille oscilla dans la zone rouge.

Un autre coup de feu – la patte arrière de la femelle se déroba. La balle venait de l'atteindre à la hanche. Elle s'enfuit en boitant. L'équipe bondit dans le fossé et, avant que quiconque puisse nous en empêcher, Teddy et moi piquâmes aussi un sprint.

L'éléphanteau gisait sur le dos, ses pattes dodues levées vers le ciel. Il vagit, hébété, pendant que Ravi et Bobin lui passaient un harnais autour du torse, puis, avec l'aide de l'équipe, le hissaient hors du fossé. Il resta couché sur le flanc, haletant. La mère barrit au loin. Quand Bobin défit le harnais, Teddy s'agenouilla au niveau de l'œil du pachyderme, un aimant noir suivant le moindre geste de Bobin.

Enfin, l'équipe remit le petit sur pieds. Ravi cria aux autres de déguerpir. Il saisit mon bras, tandis que la mère accourait vers nous dans un fracas de tonnerre. J'appelai Teddy en courant, sans savoir s'il était sur mes talons ou toujours près du bébé. N'obtenant aucune réponse, je libérai mon bras, pendant que la femelle faisait toujours trembler la terre. Vingt mètres la séparaient désormais de Teddy, une distance qu'elle pouvait parcourir en quelques secondes. Mais il restait là, aussi immobile et ensorcelé que nous autres.

L'éléphante toucha son petit sur le crâne, la nuque, la trompe frémissante, qui se souleva, faiblement, tel un point d'interrogation. Avec sa propre trompe, elle s'occupa de lui, multiplia les mouvements intimes, familiers, mystérieux. Puis la mère releva la tête et son regard se fixa sur Teddy. Ce qui arriva alors devint plus tard le sujet d'un débat à la radio nationale américaine : le geste de la femelle éléphant était-il, ainsi que Teddy l'affirmait, un signe de gratitude, oui ou non ? L'autre invité de l'émission, un éthologue au ton péremptoire, balaya cette hypothèse et accusa Teddy d'« anthropomorphisme supposant l'existence d'une conscience animale ».

« Ce *salut*, pour reprendre le terme de Teddy ici présent, aurait pu signifier n'importe quoi. C'était peut-être un signe de colère, voire un avertissement. C'était peut-être de la joie. Mais la gratitude est un sentiment humain, inculqué à une créature civilisée. Je veux dire, vous savez, ajouta l'éthologue avec un rire si méprisant qu'on aurait pu croire que Teddy venait de déclarer que la femelle lui avait fait une révérence, un animal sauvage ne dit pas merci ! »

J'aurais volontiers croisé le fer avec ce type. Avait-il jamais vu un éléphanteau, durant son sommeil, gémir à cause d'un rêve secret et sucer sa trompe ? Avait-il jamais vu Juhi, l'aînée des petits, la matriarche autoproclamée, allonger la sienne pour protéger les plus jeunes à l'approche d'un inconnu ? J'avais assisté à ces prodiges lors de mes tournages en solo, mais aucun de ces moments ne devait figurer dans le montage final. C'était désormais le film de Teddy, dont je me sentais quasiment exclue. Je croyais avoir été aveuglée par la rapidité de notre fuite, mais j'aurais dû distinguer quelque chose depuis l'endroit où je me trouvais, même à la périphérie de mon champ visuel. La confrontation dura seulement quelques instants. La mère éléphant agita la trompe de haut en bas, trois fois. Teddy continua de filmer tandis qu'elle tournait les talons et s'éloignait, son petit derrière elle, une tache à peine plus haute que les buissons qui l'entouraient. Dans mon casque, j'entendis le bruissement des feuilles et, en deçà, à une fréquence par moi seule perceptible, la pulsation de la jalousie.

L'ÉLÉPHANT

Chaque nuit, le Fossoyeur s'agitait dans son sommeil. Il en émergeait haletant, avec des visions de cordes et de mains nues. Des coups de feu résonnaient dans ses rêves.

Ses cris réveillèrent la jeune éléphante allongée dans la cellule voisine. Elle émit un grondement sourd et mécontent dans l'obscurité, puis se rendormit rapidement, les pattes avant repliées sous le corps, la bouche entrouverte. Lorsqu'il ferma les yeux à son tour, sa mère passa très vite devant ses paupières closes, aussi tiède et vivante qu'elle l'avait été seulement cinq jours plus tôt. Il regarda la jeune éléphante entre les planches couvertes de toiles d'araignées, le triangle rose de sa langue. Il glissa le bout de sa propre trompe entre ses lèvres et le suça.

L'*anakoodu* était construite en bambou et en bois sombre et moussu, avec un haut toit en tôle qui résonnait dès qu'il pleuvait. Une cloison séparait leurs deux cellules, chacune équipée d'un sac rembourré en toile de jute et de rien d'autre, hormis les fantômes des autres éléphanteaux venus là avant eux. L'air conservait leurs odeurs.

Pendant la journée, le Fossoyeur enroulait sa trompe autour des barreaux. Il tâtait les cordes qui les reliaient. Il escaladait le bambou avec ses pattes avant de la glisser entre les planches. L'extrémité de sa trompe se fermait comme un poing autour de la moindre odeur. Même après s'être lassé d'escalader, il continua de suivre les nœuds, dans un sens puis dans l'autre. Cela devint une routine que, pour d'obscures raisons, il devait accomplir.

Les gardiens étaient des têtes brûlées, des excités à l'odeur infecte. Ils étaient cinq à garder l'*anakoodu*. Le Fossoyeur les détestait tous, sauf le Vieux.

Les journées commençaient et s'achevaient avec le Vieux, qui n'était pas le plus âgé, mais qui semblait exercer davantage d'autorité que les autres. Ils travaillaient vite et mal, mais le Vieux prenait son temps pour s'occuper quotidiennement des éléphanteaux. Il leur taillait les ongles avec une lime en métal. Il huilait chaque fissure et crevasse de leur peau. Ses doigts musclés trouvaient les nœuds douloureux et les frottait jusqu'à ce que le Fossoyeur ronronne et que la petite éléphante gémisse en attendant son tour.

C'était le seul gardien qui s'inclinait très bas pour les laisser enrouler leur trompe autour de son cou. Il n'avait pas de trompe pour leur rendre la pareille et refusait absolument de les laisser glisser le bout de la leur dans sa bouche. Toucher et être ainsi touché constituait néanmoins un réconfort.

Pourtant, le toucher était parfois un maître cruel. Un jour, le Vieux se campa devant le Fossoyeur dans l'*anakoodu*. Son poing serrait un long bâton terminé par une pièce métallique.

!! dit le Vieux. !!

Le Fossoyeur le regarda. Le Vieux montrait un nouveau visage, étrange, aussi dur et inexpressif qu'un mur. Il tendit la main et tira très fort sur l'oreille gauche du Fossoyeur. Celui-ci gronda, mais le Vieux continua de tirer jusqu'à ce que le Fossoyeur tourne la tête à gauche.

!!! dit le Vieux. !!!

Une forte traction sur l'oreille droite du Fossoyeur. Il barrit, tourna la tête à droite.

!!

!!!

!

!!!

Et ainsi de suite jusqu'à ce que le Fossoyeur réussisse à comprendre le sens de chaque cri sinistre. *Gauche ! Droite ! Pas bouger ! À genoux !* – ce dernier ordre appris grâce à un coup de bâton sur le flanc. La douleur incita son esprit à prendre une décision terrible : obtempérer pour éviter de souffrir encore.

C'était seulement à l'heure du bain que le Fossoyeur regimbait. Il savait que ce sale moment approchait en voyant les touristes rassemblés au-dehors, qui bavardaient, faisaient des pitreries, montraient les dents, imitaient des singes. Leurs bruits se muaient en un sifflement, qui s'enroulait autour de lui jusqu'à l'empêcher de respirer.

Cela commençait par un raclement ; le Vieux faisait glisser deux planches, sa silhouette se détachait devant le soleil. Au début, le Vieux avait attaché une corde autour du ventre du Fossoyeur pour le tirer vers l'eau. Dès que le Fossoyeur apprit à ne plus résister à cette traction, à avancer en silence, la corde disparut.

Ils allaient à la queue leu leu : le Vieux, la jeune éléphante, le Fossoyeur et deux autres gardiens, qui fermaient la marche. Il y avait le cracheur, qui faisait sans cesse jaillir des giclées rouges de *paan* hors de sa bouche, et le trapu, dont l'haleine empestait l'alcool. Assez souvent, le cracheur ou le trapu houspillaient le Fossoyeur, pour des raisons qu'il ne comprenait pas. Et parfois, il leur lâchait un pet bien nauséabond pour qu'ils la ferment.

La foule suivait à bonne distance, en caquetant, tandis que tous les cinq se dirigeaient l'un derrière l'autre vers la pente. La piste aboutissait à la rive. Dès que le Fossoyeur sentait l'odeur d'algues boueuses, il paniquait et tentait de rebrousser chemin, mais les deux gardiens l'en empêchaient et l'obligeaient à avancer.

Lorsqu'ils atteignaient la berge, la jeune éléphante entrait dans le lac en trottinant, puis s'arrêtait à quelques pas du Vieux, qui se tenait debout sur les rochers. En murmurant doucement, il lui jetait de l'eau sur le dos. Il portait parfois ses mains en coupe jusqu'à sa propre bouche et regardait la surface du lac ridée çà et là par la brise. L'éléphante luisait au soleil, ses poils couverts de gouttelettes semblables à des bijoux, ses yeux tout embrumés de plaisir.

Le Fossoyeur se désespérait. Ils le forçaient à s'agenouiller dans l'eau et lui tiraient l'oreille. Ils l'arrosaient encore et encore, et il se voyait alors au lac avec son clan, le vieux mâle prenant sa douche et sa mère lui aspergeant la bouche. Il avait beau enfouir sa face contre le flanc de la jeune éléphante, il ne parvenait jamais à échapper à ses souvenirs.

Deux fois par jour, les éléphants adultes longeaient l'*anakoodu* pour rejoindre le lac, ils hochaient la tête et leurs chaînes cliquetaient. Les gardiens étaient installés sur leur dos ou bien marchaient avec eux.

La première fois où le Fossoyeur aperçut ce groupe de géants, il glissa sa trompe entre les barreaux de bambou et gémit. Des femelles et des cousins bruns et gris. Il crut repérer parmi eux l'odeur de sa mère.

Il poussa un cri sur leur passage, mais aucune éléphante ne tourna la tête vers lui, comme s'il était encore moins qu'un inconnu, même pas de leur espèce. Une urine jaune-vert souillait leurs pattes arrière. Une absence inquiétante se lisait dans leurs yeux.

Toutes les nuits, le Fossoyeur s'évadait. Il fermait les yeux et se voyait nager sans effort pour traverser la rivière, conduit par le périscope olfactif de sa trompe. Il se voyait émerger à l'air libre, puis gravir la berge opposée, où sa mère l'attendait. Et il était là, sa trompe nouée à celle de sa génitrice. Les souffrances et le chagrin qui l'accablaient n'avaient plus rien de réel. Il était sur l'autre berge avec sa mère. Il n'était plus ici.

Ainsi commença la seconde vie du Fossoyeur, une histoire qui resterait incomplète sans un portrait en règle du Vieux. Les articles des journaux finiraient par ignorer presque entièrement feu T. S. Mahadevan ; certains négligeraient même de citer son nom. Il survivrait néanmoins une décennie durant dans les rumeurs et les chansons, convoqué tel un esprit qui ne connaîtrait jamais le repos.

Au Sanctuaire, les journées du Vieux se ressemblaient plus ou moins toutes. En tant que surveillant, il restait assis sur un banc devant la cabane qu'il partageait avec trois autres gardiens et regardait les éléphanteaux. Deux par deux, les jeunes animaux passaient par son *anakoodu* où, à force de cajoleries et de brimades, il les arrachait à leur désespoir. Il avait tout un arsenal de mots doux et de coups mesurés, et puis quelques morceaux de sucre. Dès qu'il sauvait un jeune d'une mort presque certaine, on le lui prenait et une autre paire d'yeux éplorés remplaçait la précédente.

Le registre était posé sur ses genoux. Son écriture minuscule rampait jusque dans les coins, défiant les minces lignes bleues. Il feuilletait ces pages craquelées, explorait les noms de ses anciens orphelins. Chacun illuminait sa mémoire d'une lueur aussi brève que celle d'une luciole : *Asha*, *Arjuna*, *Balram*, *Balachandran*, *Ramachandran*, *Kamini*, *Ashwini*, *Saraswati*, *Omprakash*, *Ramprakash*, *Babu Prakash*. Tant de noms, et nulle part parmi eux le sien.

Son père avait été le gardien d'un seul éléphant, Kannan, durant toute sa vie. Ce que Kannan apprit à Appachen, celui-ci le transmit à son fils au cours de longues soirées humides. *Si un éléphant jette de la poussière sur son dos, c'est qu'il est content. Si un éléphant demeure parfaitement immobile, il a un problème. Un éléphant s'allonge pour dormir seulement s'il a confiance en la compagnie qui l'entoure.*

T. S. Mahadevan avait seize ans quand son père et lui-même accompagnèrent pour la première fois Kannan à l'intérieur du Sanctuaire, après que l'éléphant eut été chassé du temple qui l'hébergeait depuis vingt ans. Pour Appachen, le Sanctuaire était à peine une amélioration, avec ses touristes photographiant tout et n'importe quoi, les poubelles en forme d'éléphant et les prétendus gardiens. Peu d'entre eux avaient appris leur métier par leur père. La plupart passaient d'un emploi à un autre comme on saute dans un bus. Tout ce qu'ils voyaient dans un éléphant adulte, c'était sa force colossale, suffisante pour écraser un homme s'il était trop lent pour frapper en premier.

Appachen n'utilisait plus depuis longtemps l'*ankush* fourchu sur Kannan. Ils parlaient leur langue privée : un simple mot et Kannan s'agenouillait pour laisser son maître monter sur son dos. Un après-midi, ils longeaient une route quand Appachen, étourdi par la chaleur, s'évanouit. Il se réveilla plus tard sous la coque vivante du buste de Kannan, qui se gonflait et se dégonflait. L'éléphant était resté au-dessus de lui pour le protéger des voitures qui passaient. Appachen, bercé par le rythme de cet énorme cœur souple, se souviendrait toute sa vie de cette proximité.

Pareils récits poussaient les gardiens à croire qu'Appachen avait quelque chose de divin en lui, quelque talent extraordinaire obtenu grâce à la magie noire. Selon certains, il aurait trouvé par hasard le célèbre cimetière des éléphants, ce champ de crânes et de défenses qu'aucun homme n'avait jamais vu, et là il aurait obtenu le don de l'intuition des éléphants. Selon d'autres, il aurait été un éléphant lors d'une vie antérieure. Le jeune Mahadevan connaissait les talents de conteur de son père, source probable de toutes ces histoires.

Mais on ne pouvait contester la profondeur du savoir d'Appachen, qu'il mettait en pratique dans l'*anakoodu*. À cette époque, la moitié des bébés mouraient et le chagrin expliquait ces décès.

C'était la mixture d'Appachen, du lait maternisé épaissi de *ragi* et de *jaggery*, qui permettait aux éléphanteaux à l'agonie de se relever. Mais on ne pouvait plus rien pour les bébés ayant déjà entamé leur départ, qui mangeaient et buvaient à peine tandis que la lumière quittait leurs yeux.

Le petit dernier arriva au Sanctuaire avec ce même regard éteint. Les employés de l'Office des forêts l'avaient découvert dans la montagne, affamé près du cadavre de sa mère. On avait seulement coupé la queue de celle-ci, pour la vendre comme un talisman.

Durant deux semaines, jour et nuit, le Vieux veilla le petit moribond. Il mangeait à peine. Il cherchait toujours à agripper le bras du Vieux. Quand ce dernier s'éloignait pour parler avec le directeur, l'éléphanteau grimpait sur les lattes de bambou et pleurait jusqu'à ce que le gardien fasse claquer doucement sa langue et dise : « Qu'y a-t-il, mon enfant ? »

Puis le petit n'émit plus aucun son, comme si sa nature plaintive se trouvait désormais enfouie tout au fond de son corps silencieux. Comment un animal aussi jeune pouvait-il avoir le calme d'un éléphant plus âgé ? Et pourquoi reculait-il devant l'odeur de l'ananas ?

Impossible de consulter Appachen, mort dix ans plus tôt, quelques mois après Kannan. *Arrêt cardiaque*, avait diagnostiqué le médecin, mais le Vieux connaissait la vérité. Appachen avait passé toute sa vie comme gardien de Kannan, tant d'années qu'on ne savait plus très bien qui gardait qui.

La cinéaste

Ravi se débrouilla comme un pro avec les journalistes. Les mains dans les poches, il repoussa les louanges avec un sourire énigmatique, esquiva d'autres questions. La foule l'applaudit presque alors qu'il rejoignait son van, où il tendit le fusil à Bobin en un geste plein de magnanimité.

Les plaisanteries s'arrêtèrent là.

« Qu'est-ce qui vous a pris ? demanda Ravi en se tournant vers Teddy. Vous auriez dû filmer et puis déguerpir. On ne peut pas rester là à attendre l'autographe de l'éléphante. »

Toujours enivré par les images qu'il venait de saisir, Teddy se fendit d'une excuse désinvolte.

« Ça valait le coup, vous allez voir.

– Et si elle vous avait écrabouillé, ça aurait valu le coup ?

– Vous savez très bien qu'elle ne m'aurait jamais écrasé. Elle n'aurait pas quitté son petit une deuxième fois.

– Je connais les éléphants. C'est vous autres que je ne connais pas, et pourtant je suis responsable de vous. Alors la prochaine fois, quand je dis : "Courez", vous *courez.*»

Teddy me regarda pour solliciter mon soutien. J'eus quelque satisfaction à dire : « Ravi a raison », puis Teddy émit un ricanement furieux – *Tu prends toujours son parti.*

J'avais l'habitude de jouer les arbitres. Teddy et Ravi s'étaient chamaillés dès la première et unique interview. Leur conversation avait très vite tourné à l'aigre, au point que j'avais souffert en la retranscrivant :

TEDDY : Nous venons de parler des conflits entre l'homme et l'éléphant, mais j'aimerais élargir le débat. Que pensez-vous, par exemple, des projets industriels – les mines, les plantations ? Ne sont-ils pas en grande partie responsables des déplacements de populations d'éléphants ?

RAVI VARMA : Bien sûr.

TEDDY : Et bon nombre de ces projets sont autorisés par l'Office des forêts, cet organisme avec lequel vous collaborez étroitement.

RAVI VARMA : Oui.

TEDDY : Cela paraît contradictoire.

RAVI VARMA : La vie est pleine de contradictions.

TEDDY : Ça ne vous dérange pas ?

RAVI VARMA : Beaucoup de choses me dérangent. Par exemple, les Occidentaux qui viennent en Inde et posent des questions dont ils ont déjà la réponse. Ce n'est pas une interview. C'est un interrogatoire.

Dans le cas présent, Ravi tendit un petit rameau d'olivier :

« Les images sont bonnes, alors ?

– Vous plaisantez ? »

Teddy se pencha. J'inspirai une bonne bouffée d'huile de noix de coco ; Teddy craignait-il de perdre ses cheveux ?

« J'étais tout près d'elle, j'entendais sa respiration. »

Tandis que leur partie de ping-pong se poursuivait, je fermai les yeux, renonçant à lutter contre la migraine qui me martelait le crâne. Ma bouche affamée était comme pleine de sable et je sentais ma langue toute poisseuse du résidu orange de mon dernier Tic Tac.

Ravi et Teddy avaient oublié leur querelle et discutaient maintenant des journalistes, des caméras et des spectateurs, le côté public du travail de Ravi.

« Plus qu'à mes paroles, déclara-t-il, les gens s'intéressent à ma manière de parler, à mon allure générale. La plupart d'entre eux n'ont pas une bonne opinion des vétérinaires. Ils croient que nous soignons uniquement les vaches et les buffles. Mes propres frères me surnommaient autrefois "le médecin des vaches"... »

Il me regarda, s'interrompit, puis reprit avec sa brusquerie habituelle :

« Je crois que tout ça vous ennuie.

– Non, je me sens juste un peu faible. Je n'ai pas encore mangé.

– Alors arrêtons-nous et prenons un petit en-cas. »

Malgré les protestations de Teddy, nous fîmes halte devant un étal qui penchait dangereusement. Ravi descendit, puis revint quelques instants plus tard avec un sac en papier maculé de graisse.

« Ces *unni appams* sont fameux », dit-il en tendant vers moi le sac ouvert. Une odeur délicieuse montait des *unni appams*, entassés comme des œufs chauds. Ravi en engloutit un d'une seule bouchée.

Teddy refusa d'en manger, se recroquevillant dans son gilet telle une tortue dans sa carapace. Il ne craignait pas d'affronter un éléphant, mais il vivait dans la terreur d'une intoxication alimentaire, réclamant toujours de l'eau en bouteille et bouillie, enduisant régulièrement ses paumes avec un gel antibactérien qui puait la paranoïa des habitants des pays riches.

«Mauvaise idée, me dit Teddy. Ton syndrome intestinal?

– Syndrome intestinal?»

Ravi se renfrogna en mastiquant toujours.

Avant que Teddy puisse expliquer la nature de mon syndrome intestinal, je plongeai la main dans le sac en papier.

«Je n'essaie pas de te contrôler, dit-il.

– Je sais. Ça te vient naturellement.»

Du coin de l'œil, je vis Ravi sourire.

Teddy aussi le remarqua. «Comme tu voudras», dit-il en descendant du van avec la caméra. Bobin partit dans une autre direction, sans la moindre explication, ce qui signifiait qu'il allait pisser semi-publiquement.

L'*unni appam* était un morceau spongieux et tiède, gras, enveloppé d'un doux parfum de banane, couleur sirop d'érable. Ravi parut particulièrement content lorsque ma main alla chercher une autre de ces friandises au fond du sac. Je lui rendis son sourire tout luisant de graisse.

J'attendis que Ravi me murmure l'un de ses apartés curieusement intimes. Cela arrivait de temps à autre, quand Teddy ne pouvait pas l'entendre. *Vous ressemblez à la fille du* Docteur Jivago... *J'aime bien cette drôle de dent que vous avez... Tout votre corps est-il couvert de taches de rousseur?* Une fois, il me demanda:

«Pourquoi portez-vous tout le temps ce sac à vent?

– Mon coupe-vent? Il a plein de poches.

– Il cache tout.

– C'est exactement ce que je désire.»

Je me sentis rougir.

«Je préfère ne pas attirer l'attention.

– Trop tard.»

À ce moment-là, ces flatteries semblaient inoffensives, peut-être même nécessaires à notre dynamique. Je menais tous nos entretiens, obtenais de lui des anecdotes qu'il partageait rarement. «Vous avez une manière de parler, me dit-il un jour, qui me fait oublier la présence de la caméra.» Je croyais pouvoir conserver cette intimité qui s'était instaurée entre nous deux, maintenir Ravi dans cet état d'esprit décontracté et confiant, mais dès que j'avais la naïveté de penser que je le tenais, il braquait sur moi son regard de cobra et toute mon assurance s'évanouissait. Je devais alors me rappeler qu'il nous restait seulement trois semaines au Centre de sauvetage; pas de temps à perdre en manœuvres de séduction ou en émotions complaisantes: il fallait se concentrer uniquement sur le travail à accomplir.

Une concentration difficile à garder tandis qu'il s'adossait au van pour me détailler. Je m'attendais à un commentaire sur «les filles américaines» ou ma «drôle de dent».

«Vous et lui, dit Ravi en lançant un coup d'œil à Teddy. Vous avez le même âge?

– Oui, pourquoi?

– Il vous traite comme une enfant. Et vous le laissez faire.»

Je tressaillis. Jamais je ne me serais décrite comme une enfant. À vingt ans, j'avais conduit depuis Albuquerque jusqu'à Asheville avec, pour seul compagnon de voyage, le berger allemand de mon père sur la banquette. Je refusais les relations durables et mélodramatiques avec les garçons. Ma plus longue avait duré quatre mois; je rompis quand Gus déclara qu'une femme roulant seule à travers le pays ne demandait que ça. Je sentis mon sang bouillir à ce seul souvenir.

«Que fait-il? s'enquit Ravi.

– Il filme», répondis-je sèchement.

Au loin, Teddy dirigeait sa caméra vers un panneau disant ON N'A QU'UNE VIE.

«Il veut juste me protéger. Vous ne le connaissez pas.

– Je vous connais. Je sais que vous êtes indépendante.»

Ravi froissa le sac en papier tandis que Bobin revenait vers le van. «Le sait-il?»

Ravi ouvrit la portière côté passager pour me laisser rejoindre mon siège. Durant tout le trajet du retour, je lançai des coups d'œil dans le rétroviseur. J'avais passé des dizaines d'heures à l'interviewer, à sonder son passé, à transcrire et mettre en forme ses réponses, à scruter chaque clignement de ses yeux, chaque pause et chaque silence. Il restait malgré tout une version de Ravi que je découvrais maintenant: le type qui tout du long m'avait observée.

Il n'y avait jamais rien eu entre Teddy et moi, sauf un incident récent et regrettable. Notre loyauté réciproque était née de la fac et de notre collaboration, de la caféine et du trac, sans oublier la menace de son expulsion.

Nous nous étions rencontrés au cours d'introduction au cinéma. Pour notre première mission, on nous envoya dans la nature à Boston avec seulement un trépied, un posemètre et une caméra Bolex à ressort. Chacun de nous devait réaliser un bref journal, rendre la lumière et les ombres sur la pellicule noir et blanc. Ce fut très excitant – la sensation de la Bolex vrombissant entre mes mains, la manivelle du ressort décrivant des cercles tout près de moi.

Je piaffais d'impatience en revenant en cours, certaine d'avoir réalisé une succession de plans magnifiques des reflets du bassin sur la Christian Science Plaza. Mais lorsque nos rushes furent projetés, ce fut Teddy qui me vola la vedette avec ses images accélérées d'ombres qui viraient au noir, s'entremêlaient, disparaissaient, se déversaient comme de l'encre sur une pierre, en une symphonie calligraphique de lignes, jusqu'à ce que l'écran devienne entièrement blanc, laissant tous les étudiants bouche bée. Il avait filmé ces merveilles dans la cour de sa résidence universitaire.

Au fil des ans, Teddy et moi trouvâmes notre rythme, collaborant sur tous nos projets jusqu'à son film de fin d'études, où je lui servis de directrice de la photo. Cela commençait avec un plan en extérieur, par une journée si froide et neigeuse qu'il fallait envelopper la caméra Aaton dans des couvertures entre deux plans pour qu'elle continue de fonctionner normalement. Une semaine plus tard, on découvrit en projetant les rushes une large bande blanche courant tout le long du côté gauche de la pellicule. Une journée entière de fichue. C'était moi qui avais ouvert et fermé le magasin, placé le film dans son emballage, un processus exigeant des mains habiles qui opéraient à l'intérieur d'un étui étanche à la lumière. Apparemment, les miennes n'avaient pas été assez habiles. J'étais mortifiée, responsable de A à Z, impardonnable.

« Eh bien, dit Teddy en rembobinant la pellicule, on refilme jeudi. »

Je n'arrivais pas à croire qu'il me fasse confiance pour reprendre le tournage. Je m'étais attendue à ce qu'il me rétrograde au rang d'assistante pour tenir le panneau réfléchissant éclairant le visage des acteurs.

Teddy haussa les épaules. « Tu as merdé. Pas de quoi en faire toute une histoire. »

Cela me semblait pourtant la raison idéale pour en faire toute une histoire.

Puis, avec un calme qui parvint à dissiper ma panique, Teddy insista pour que nous recommencions ensemble les prises de vues. Ce qu'il dit alors est resté gravé dans ma mémoire comme la preuve de notre bienveillance mutuelle : « Je préfère me planter avec toi plutôt que de réussir avec n'importe qui d'autre. »

Nous arrivâmes devant le portail vert et rouillé du Centre de sauvetage, où une pancarte nous accueillit : MERCI DE NE PAS INSISTER POUR VOIR LES ANIMAUX. Une phrase bien étrange, car il semblait n'y avoir aucun animal à voir, seulement un petit hameau pittoresque de huttes vert foncé nichées parmi les feuilles, reliées par une allée ombragée où l'on pouvait s'arrêter et regarder les affiches d'animaux sur les murs.

Le ciel couvert diffusait une lumière froide et limpide à travers une couche de nuages cotonneux. Je voulais profiter de cet éclairage pour filmer Ravi s'occupant des animaux – les éléphanteaux, la chèvre, les singes langurs qui sillonnaient les airs grâce à leurs longs membres tournant en moulinet. Mais Teddy m'objecta que nous avions déjà filmé tout ça, et puis qu'était une énième séquence de langurs en comparaison de son dernier plan montrant l'éléphante et son petit réunis ?

« Je crois que nous pouvons en rester là, ajouta-t-il. Un long plan, comme dans ce film d'Obenhaus sur la fabrique de bijoux. »

Il parlait sans arrêt de ce film d'Obenhaus sur la fabrique de bijoux. Bien que ne l'ayant jamais vu, il me semblait le connaître par cœur, car Teddy m'en avait décrit le début un nombre incalculable de fois : un homme glisse sa carte dans une pointeuse, Obenhaus le montre pendant une bonne minute, jusqu'à ce que les deux aiguilles de la pointeuse se superposent. Teddy adulait cette illustration du travail et de son poids sur le passage du temps.

« N'oublie jamais, dis-je, que nous voulons que des êtres humains regardent ce truc. »

Teddy me suivit dans ma chambre. Il logeait juste à côté de moi dans le Centre de sauvetage ; chaque « suite des invités » contenait une chaise, une table et un lit double où Teddy était obligé de s'allonger en diagonale. Il posa la caméra sur ma table.

« Regarde les rushes ce soir, dit-il.

– Pourquoi ? Où vas-tu ? »

Il dévissa le filtre avec précaution.

« Le mariage de Sanjay, je t'en ai parlé. Tu peux toujours être ma cavalière.

– Laisse tomber.

– Allez, il est quand même sympa. »

Sanjay était le type avec qui Teddy avait partagé sa chambre, un jeune homme très paisible qui avait renoncé à l'alcool pour des raisons religieuses, avant de se mettre à fumer de l'herbe avec une égale ferveur. En mode défoncé, il faisait toujours le genre de remarques déplacées (*Pourquoi vous fricotez pas ensemble tous les deux ?... Trouvez-vous une piaule !*) qui soulignaient sa propre solitude.

Je mis une casserole d'eau sur ma plaque chauffante.

« Je préfère rester ici, dis-je. Au cas où il arrive quelque chose.

– Au cas où *quoi* arrive ? »

Il glissa le filtre à l'intérieur de son étui, rangea l'objectif dans le sac de la caméra.

« Nous n'avons plus besoin de bains ni de repas d'éléphants. Ce sont des histoires humaines que le film raconte.

– Eh bien, j'ai aussi besoin de m'éloigner un peu des humains. »

Teddy me dévisagea. « Lesquels ? »

Je pris mon temps pour émietter une galette de ramens, proprement, délicatement, au-dessus de la casserole.

Deux semaines plus tôt, Teddy et moi travaillions au montage, assis côte à côte, tard dans la nuit, quand il se pencha vers moi et m'embrassa. Je disais quelque chose à propos du format de l'image lorsque ce baiser m'empêcha de finir ma phrase, et je me rappelle avoir pensé à ce moment-là que, contrairement à toutes les comédies romantiques que j'avais vues au cinéma, la spontanéité rompt le charme ; en réalité, la personne embrassée a besoin d'un signe précurseur, un regard interrogateur ou un corps qui s'avance légèrement. Comme c'est bizarre d'être amis pendant cinq ans et, en une seconde, de découvrir le visage de l'autre pressé contre le vôtre !

Mais cette étrangeté fit vite place à une familiarité séduisante. Il sentait l'été, l'ambre solaire, des parfums évoquant l'Amérique. C'était réconfortant plus qu'excitant, voilà pourquoi je me suis écartée. Teddy parut blessé quand je lui demandai de s'en aller, mais il revint le lendemain pour me présenter des excuses penaudes. Il comprenait que ce n'était pas le bon endroit pour entamer quelque chose entre nous, qu'il importait de conserver une apparence de professionnalisme au Centre de sauvetage.

« Mais quand nous serons de retour au pays, dit-il en regardant ses mains, nous devrions, tu sais, refaire une tentative. »

Je lui répondis qu'il était inutile de s'excuser, que ce n'était pas grave, en espérant que tous mes *non* équivaudraient à un *jamais* implicite. Le réconfort que j'avais pu ressentir en cet instant d'intimité s'était mué en un nœud de malaise ; je l'avais mené en bateau, comme aurait dit ma mère.

À présent que je séparais mes nouilles avec une fourchette, je sentis que Teddy me considérait avec une sorte de terreur, comme si j'allais réduire le bateau en cendres.

Mais c'était hors de question. Pas ici ni maintenant. N'était-il pas mon seul ami ?

Je lui dis que je voulais passer la soirée seule pour regarder les rushes.

« Voir s'il n'y a pas là un Oppenheimer.

– Obenhaus », rectifia-t-il en cessant à contrecœur de me regarder.

Après le départ de Teddy, je m'installai devant mon ordinateur, branchai la caméra et regardai les plans du sauvetage. Couché sur le flanc, l'éléphanteau attendait qu'on lui ôte le harnais. Zoom de Teddy sur l'œil inquiet, la pupille semblable à une mouche piégée dans la résine. Vu de si près, cet œil me troublait pour des raisons peu claires : parce que j'y discernais quelque chose de familier, une conscience que je reconnaissais ? Ou parce que j'en étais incapable ?

Pour mon quinzième anniversaire, mon père m'avait acheté une perruche. J'adorais Daisy, l'odeur poudreuse de ses plumes, la manière dont ses pattes me serraient le doigt avec une délicatesse que je prenais pour de la confiance, la gouttelette brillante de son œil. Je m'inquiétais parfois que Daisy soit déprimée ; mon père suggérait alors que je mette un peu de Prozac dans sa nourriture, une blague idiote selon moi. Pourquoi Daisy n'aurait-elle pas pu être déprimée ? Pourquoi n'aurait-elle pas ressenti toute une gamme d'émotions, dont certaines inexplicables pour nous ? Elle volait ; alors, si son corps était capable d'actions inaccessibles aux humains, son esprit ne pouvait-il pas vivre des émotions dépassant nos facultés, comme l'Ennui des ailes, la Joie du vol ou l'Extase du piqué, des choses qu'il nous était impossible de ressentir et donc de comprendre ?

« C'est peut-être toi qui as besoin de médicaments », dit mon père.

Durant la préproduction, j'avais envisagé un film qui inclurait mes questionnements juvéniles, qui exhumerait les traumatismes cachés tout au fond de l'esprit des animaux. Au fil des jours, les rushes que nous accumulions semblaient s'éloigner toujours davantage du film que j'avais imaginé, en tout cas jusqu'à cet instant.

Teddy avait raison. Ce plan serait formidable à l'écran, l'intégralité de ses soixante-deux secondes, ce serait le cœur de notre film. Durant la réunion mère-éléphanteau, Teddy n'avait pas manipulé le zoom, il avait laissé l'action se dérouler, accordant toute leur place à ces trompes entremêlées, dont les oscillations semblaient suggérer le réconfort et la tendresse, mais en même temps un rituel privé, primitif, un niveau de communication que nous pouvions seulement entrevoir.

J'importai les rushes sur l'ordinateur, enregistrai les time codes, notai mes impressions. La caméra suivait Ravi à travers la foule, dans le van, s'approchait de ses mains. Il y avait quelque chose que je n'avais pas remarqué pendant le tournage, parmi la frénésie et la confusion – le calme qu'il avait conservé tout du long. La musique d'Ennio Morricone aurait pu accompagner les temps forts, avec Ravi en Clint Eastwood traversant la jungle, ses mains serrant le fusil. Prédateur, implacable. Une terreur admirative me serra la gorge.

Ainsi, lorsque Ravi frappa à ma porte vers neuf heures, j'étais en proie à une légère transe. Et il était là, le héros au repos.

«Vous avez raté le dîner, dit-il.

– Teddy est parti à un mariage. J'ai eu envie de regarder les images du jour.

– Il est parti ? demanda Ravi avec une lueur d'espoir dans l'œil.

– Oui, il revient après-demain.

– Alors laissez-moi vous emmener dîner.

– Oh.»

Cette proposition me parut un peu forcée. «Eh bien, j'ai déjà mangé une soupe...»

Ravi regarda par-dessus mon épaule.

«C'est Dev ?» Un éléphanteau occupait tout l'écran de mon ordinateur. Dev était facile à repérer, avec ses poils hérissés sur le crâne comme une petite crête iroquoise. «Vous avez d'autres images de lui ? Je peux les voir ?»

Cela ressemblait à une demande assez innocente, mais, je le reconnais volontiers aujourd'hui, je ne voulais pas qu'elle le soit.

Je m'écartai un peu et, avec une facilité déconcertante, Ravi entra dans ma vie.

Ravi avait sauvé Dev d'une grotte où une éléphante s'était retrouvée coincée par des rochers. Lorsque l'équipe la découvrit, elle mourait de faim. Dev paraissait minuscule près de sa cheville, tout faible et en souffrance. Ravi le prit sur ses épaules comme un sac de riz et le porta à l'extérieur. Au Centre de sauvetage, Dev fut d'abord trop faible pour se tenir debout et il fallut le maintenir avec des sangles ventrales.

Ravi expliqua tout cela depuis le pied de mon lit. Nous venions de regarder une séquence où Dev poussait un ballon de football avec d'autres éléphanteaux, tandis que les gardiens circulaient entre les animaux et les encourageaient.

«Qu'est devenue la mère de Dev? demandai-je.

– Nous avons dû la laisser là-bas. Elle a fini par mourir de faim.

– Mon Dieu.»

Il examina ma chambre d'un regard lointain, illisible. Peut-être méprisait-il ma sentimentalité d'étrangère; peut-être les amas de ramens qui restaient dans la casserole le dégoûtaient-ils. Une pensée soudaine le ramena sur terre:

«Dev va partir pour Manaloor dans deux semaines, pour réintégrer le parc. C'est à six heures d'ici, mais vous devriez y aller. Vous devriez le filmer.»

Je visualisai le dernier plan idéal: trois petits éléphanteaux gambadant comme des cow-boys au coucher du soleil.

«Nous passerions donc notre dernière semaine à Manaloor? dis-je.

– Oh, vous partez.»

Il marqua une pause, cachant à peine sa déception.

«Déjà.

– Pourquoi ne pas venir avec nous ? À Manaloor, je veux dire.

– Vous serez mieux sans moi là-bas.

– Bien sûr que non.

– Si, si, ce sont les villageois. Ils me chasseraient, même si je ne suis pour rien dans tout ce gâchis... »

Il se passa la main dans les cheveux, se demandant sans doute s'il devait s'expliquer ou pas. Je n'insistai pas. Ce fut inutile. Il se mit simplement à parler.

Les villageois étaient mécontents – furieux, en fait – que l'Office des forêts ait financé la société d'exploitation Shankar Timber pour abattre les arbres sur leurs terres. En réalité, celles-ci n'appartenaient pas aux villageois ; toutes les terres boisées étaient la propriété de l'Office des forêts (héritées du raja britannique, qui avait jadis revendiqué toutes ces forêts au nom de la reine). Mais les villageois de Manaloor restaient convaincus que ces terres étaient les leurs, car ils y exploitaient le bois de chauffe et le miel bien avant que la reine Victoria porte des couches.

« Ils en veulent surtout à Samina Hakim. Elle est directrice territoriale, pour eux c'est le visage de l'Office des forêts. »

Il haussa les épaules.

« Bah. Ça leur passera. »

Je voulais en apprendre davantage, mais Ravi se leva. Je sentis un pincement au cœur, convaincue qu'il était sur le départ.

« Si vous ne voulez pas dîner, dit-il, nous pourrions au moins boire un verre. »

En sirotant le café arrosé du rhum douteux qu'il gardait enfermé dans un tiroir de son bureau, nous parlâmes. L'alcool me brûla l'estomac et me décontracta ; la présence de Ravi m'enivrait, j'étais captivée par le moindre détail de sa vie, toute prête à lui révéler la mienne. Je lui parlai donc de mes parents, qui regardaient mes films d'un air inquiet, comme s'ils se trouvaient confrontés à un long examen oral dont ils ne pouvaient répondre à aucune des questions. Il me parla à son tour des siens, qui le prenaient pour un ersatz indien de Johnny Pépin-de-Pomme, celui qui plantait des arbres pour gagner sa vie. Quelque part dans cette mélasse de confidences réciproques, je racontai une histoire que je regrette toujours d'avoir partagée avec lui, citant un nom que Teddy m'aurait haïe d'avoir révélé.

Shelly Blake.

En licence, Teddy avait fait son film de fin de cycle sur une étudiante de deuxième année, Shelly Blake. Elle était secrètement, fiévreusement, amoureuse de lui, donc désireuse de lui donner accès à tout ce qui la concernait, y compris son anorexie. Elle le laissa filmer ses pesées, ses suppléments caféinés, son collage bricolé de mannequins de défilé de mode, ses éternels joggings. Il lui donna une caméra pour enregistrer toute seule son « journal vidéo » ; dans l'un d'eux, on la voit se brûler le bras avec une cigarette.

Shelly assista à la projection de fin d'année, avec des centaines d'étudiants, de professeurs, de gens qu'elle ne connaissait pas. Elle ne s'était sans doute pas attendue à ce qu'il y eut autant de rires nerveux. Après le film, elle félicita Teddy, rentra chez elle et se trancha les poignets.

Ravi écarquilla les yeux.

« Un suicide ?

– Une tentative. Ses parents ont intenté un procès... »

Je me souvins que Teddy avait failli plaquer la fac. Je me le rappelai assis au bord de son lit, la tête entre les mains, et je compris aussitôt que je venais de le trahir.

« C'était il y a longtemps... »

Nous restâmes un moment silencieux. J'avais les lèvres engourdies.

« Beaucoup de secrets, commenta Ravi.

– Je n'en dirai aucun autre si vous n'en dites pas un aussi.

– Non ? »

Il me lança un regard rusé.

« Vous n'enregistrez pas notre conversation ?

– Enregistrer ?

– Pas de caméra ou de micro caché ?

– Pas que je sache.

– Bon », dit-il doucement en me prenant le mug des mains pour le poser par terre.

Mes pieds étaient entre les siens. J'avais le même petit doigt que ma mère, un minuscule appendice qui me faisait honte, doté d'un ongle encore plus minuscule. Une certaine énergie sembla gagner mon petit doigt de pied et moi-même, puis mon cœur se mit à accélérer. Ravi me souleva le menton. Puis il m'embrassa.

Je me sentis prise de vertige tandis que ses mains fraîches remontaient ma chemise, s'attardaient autour de ma taille. J'étais trop charnue, trop pâle, non préparée à maints égards (à commencer par mon apparence), et pourtant débordante de désir. La manière dont il prenait son temps, par exemple pour dégrafer d'une seule main mon soutien-gorge, avait quelque chose de très séduisant. Il était aussi calme et concentré qu'il l'avait été plus tôt dans la journée, comme s'il savait quoi faire, la façon dont les choses se passeraient, et que tout notre babillage aboutirait à ce lit étroit.

« Attendez... », dis-je en m'asseyant, alertée par des coups violents assenés sur une porte branlante.

« Qu'est-ce que c'est ?

– Le nouvel éléphanteau, dit Ravi. Il a fallu le mettre en quarantaine. »

Doux comme un agneau durant la journée, le petit nouveau se transformait en bélier furieux dès la nuit tombée. Nous écoutâmes un moment le cadenas claquer contre l'anneau. Mon cœur se remit à battre la chamade. Je surpris Ravi qui reluquait mes cuisses et sentis un frisson d'excitation. «Oublie-le», dit-il, et assez vite ces coups de boutoir se muèrent en bruit blanc, puis le monde disparut.

Plus tard, son bras autour de ma taille, il s'endormit. Je restai allongée et éveillée, le dos pressé contre sa poitrine. La poitrine de mon sujet. (Qui se révéla beaucoup moins poilue que ne le suggérait l'abondance de sa chevelure ; ces rares poils chatouillaient agréablement.) L'effet du rhum s'était dissipé et ce qui, quelques heures plus tôt, avait semblé une douce folie s'était cristallisé en une chose réelle et irrévocable.

J'imaginai cette scène vue à travers les yeux de Teddy, un exercice propre à me soulever le cœur. C'était comme si j'avais très précisément minuté mon péché pour qu'il coïncide avec son absence, selon un plan calculé à l'avance, alors que seul le hasard en avait décidé ainsi.

Je pensai à Teddy et m'excusai déjà : *J'ai franchi une ligne rouge. C'est de ma faute*.

Mais je n'avais pas simplement franchi une ligne. J'avais escaladé un grand mur. Coucher avec le sujet de son film était la pire des choses à faire, une erreur impardonnable, qui ne figurait sûrement pas dans l'index de *L'Art du documentaire*. Ravi s'attendait-il à ce que cela se reproduise ? Si je refusais, l'amant éconduit et blessé se fermerait-il comme une huître ? Et si j'avais envie de dire oui ?

Mes pensées vagabondaient entre tous les scénarios possibles, pour finir par se fixer sur le plus probable : dans quelques semaines nous nous séparerions tous. Sans la moindre rancune.

Jusque-là, Teddy ne devait rien savoir.

Je redoutai le lendemain matin, quand nous affronterions une discussion maladroite tout en cherchant nos sous-vêtements. Au vu de ce qui se passa, ce scénario semble a posteriori presque risible.

Le matin arriva comme une poêle à frire balancée en plein visage, ou plutôt dans mon estomac, où les *unni appams* avaient déjà entamé leur long assaut impitoyable. Je fis au moins trois allers-retours aux toilettes avant que Ravi insiste pour me conduire à une clinique. Je m'allongeai sur la banquette arrière de la Jeep, tandis que mon ventre se contractait au seul souvenir de ces deux boulettes bien grasses.

Il m'aida à rejoindre la salle d'attente où étaient assises quelques femmes à l'air morose. L'une avait un enfant sur les genoux, une fillette au crâne rasé et aux immenses yeux entourés de khôl. Je m'installai face à cette mère qui agitait le bout de son sari pour s'éventer le visage, puis je pris entre mes mains ma tête qui pesait une tonne.

Un médecin me reçut bientôt dans une pièce d'examen aussi grande qu'un placard. Il me demanda comment je me sentais ; je posai alors ma tête comme une offrande sur son bureau, à quelques centimètres de ses grosses phalanges poilues. Je l'entendis déclarer à Ravi, sur un ton vaguement accusateur : « Elle est très déshydratée. Regardez comme elle est pâle. »

Ravi m'accompagna partout, même lorsque je tentai de le tenir à l'écart. Il me suivit dans le cabinet du médecin, dans la salle d'examen et, une fois, à regret, jusqu'aux toilettes extérieures, d'où je ressortis horrifiée par ce que je venais de laisser derrière moi, qu'une malheureuse femme de ménage devrait bientôt nettoyer – *Pourquoi ce foutu robinet ne marchait-il pas ?* Ravi ressemblait à un coupable redoutant son verdict. Le monde tournoyait autour de moi ; je titubai, m'évanouis à demi, m'écroulai sur un lit à roulettes. J'enregistrais certaines choses. Le bébé lémurien de la salle d'attente, dans le giron de sa mère. Un petit plateau carré contenant des seringues. Une odeur de brûlé. Les veines de mes bras avaient rétréci aux dimensions d'un simple trait de crayon. Une infirmière essaya de placer une perfusion dans le dos de ma main. Les deux premières fois, je serrai les dents contre la douleur. Raté. La troisième fois, l'infirmière perça ma chair et alla à la pêche pour trouver une veine. Je criai «MERDEPUTAINMERDE», puis fondis en larmes. Par solidarité ou sous le coup de la terreur, le bébé lémurien se mit à geindre et je sentis ma gorge se serrer à cause d'une certaine forme de panique qui n'avait rien à voir avec mes vomissements, mes évanouissements ou les aiguilles, mais qui était liée à la conviction que, par ma faute, je me retrouvais ici, seule et malade, une étrangère dans une pièce inconnue.

«Respirez», commanda une voix, un ordre élémentaire qui dissipa le brouillard.

Ravi s'approcha. Il saisit ma tête entre ses mains expertes à calmer la terreur et la rage. Je trouvai alors qu'il avait la mâchoire d'une star de cinéma ou, au moins, d'un présentateur vedette des infos télévisées. Je me dis aussi que je pouvais maîtriser ma panique, un peu, en expirant à fond malgré mes tremblements.

Je regardai la perfusion s'écouler. Le bébé s'apaisa, son visage tout souillé de khôl me donna envie d'essuyer le mien, mais Ravi tenait ma main libre, l'autre gisant aussi molle qu'un gant sur ma poitrine.

La culpabilité transforma Ravi en martyr. Au retour de la clinique, il m'apporta des noix de coco d'où saillaient des pailles fantaisie. Presque tous les samedis soir, il dînait avec sa mère, mais cette fois il lui annonça qu'un éléphanteau avait besoin de soins ininterrompus. Il s'arrangea malgré tout pour qu'elle lui prépare à dîner, une soupe de riz avec un chutney de mangue verte. Tel un serveur de restaurant, il apporta ce plat à mon chevet, une serviette en coton posée sur l'avant-bras.

Dimanche matin, alors que je sentais le souffle de Ravi dans mes cheveux, j'envoyai un texto à Teddy : *Tombée malade hier. Ai dû aller à l'hôpital. Ne t'inquiète pas.*

Quelques instants plus tard, mon téléphone vibra sur mon bureau. Teddy. Ravi bougea, son bras m'enserra plus fermement la taille.

« Ça va ? s'enquit Teddy. Quel hôpital ? Pourquoi tu n'as pas appelé ?

– Je vais parfaitement bien, croassai-je.

– C'était le dal ? Ou... non, ces boules graisseuses ! »

À cet instant précis, le portable de Ravi égrena les notes du thème de James Bond. Il pivota sur le lit avec un grognement sourd. J'agitai la main vers lui, montrai mon téléphone, murmurai : « *Teddy.* »

« Il y a quelqu'un avec toi ? » voulut savoir Teddy.

Éreinté, Ravi rejoignit la salle de bains, ferma la porte derrière lui, répondit à l'appel avec son habituel : « Ah, dites-moi. »

« Euh, non, je regarde un film. » Je cherchai des noms vaguement familiers : *Goldeneye*, *Goldfinger*...

Par chance, Teddy n'insista pas. Il m'annonça qu'il serait de retour dans la soirée, peut-être plus tôt s'il pouvait attraper un car. Je raccrochai, puis me pelotonnai dans la chaleur de mes couvertures, tendant l'oreille vers les chuchotements de Ravi. Je ne l'avais jamais vu rester aussi longtemps au téléphone.

Il sortit enfin de la salle de bains, referma la porte, lentement, derrière lui.

« Teddy revient », dis-je avec une certaine déception. Sur mon oreiller, je repoussai la virgule noire d'une mèche de cheveux. « Tu peux retourner à tes occupations. »

Ravi s'appuya à la porte.

« Un éléphant a tué quelqu'un, annonça-t-il. À Sitamala. Près de chez ma mère.

– Quoi ? C'est horrible ! »

Il acquiesça, plongé dans ses pensées. Il y eut de nouveau ce long silence lointain, son froncement de sourcils indéchiffrable.

«Tu connaissais cette personne ?»

Il resta si longtemps sans parler que je crus qu'il ne m'avait pas entendue. «Je connais l'éléphant, dit-il enfin. Tout le monde le connaît.»

LE BRACON-NIER

Au matin, le *palli* était en mille morceaux, comme s'il avait explosé. Le toit défoncé, les pilotis brisés. Au centre paisible de ce chaos : un tas de chaume étalé avec soin sur le corps de mon cousin.

La bouche de Raghu dessinait un cercle de stupeur. Au-dessus de la poitrine et en dessous des hanches, son corps semblait intact. Mais la partie intermédiaire, on aurait dit que l'éléphant avait voulu la pulvériser.

Cinq ou six dos-verts étaient présents, les bras ballants. L'un d'eux s'agenouilla près de l'empreinte de la patte. Je m'attendais à ce qu'il sorte un dispositif de traçage sophistiqué, mais il prit juste un bout de ficelle dans sa poche, qu'il étala délicatement le long du contour de la dépression, comme pour mesurer la taille de la chaussure de l'assassin.

Ceux qui étaient venus regarder avançaient toutes sortes de théories.

«C'est l'œuvre du Fossoyeur. Qui ici pourrait l'oublier? Il enterre ses victimes exactement comme ça.

– Mais on l'a pas vu depuis dix ans!

– Il se repaît de chair humaine.

– T'es idiot ou quoi? Les éléphants sont herbivores.

– Paraît qu'il bouffe des jaques à la pelle, tellement qu'on repère son odeur à l'avance. La mort n'a jamais senti aussi bon.»

On tint la mère de Raghu à distance, de peur qu'elle hurle à s'en rendre folle à force de poser sans cesse la même question:

«Quelle espèce de père peut bien envoyer un enfant de dix-sept ans, *dix-sept ans*, tout seul à guetter dans un *palli*?

– Pas tout seul», dit-il calmement.

Ses yeux enfoncés dans leurs orbites trouvèrent les miens.

J'eus soudain la bouche sèche, la langue semblable à un bloc d'argile. Je compris qu'il me reprochait d'avoir abandonné son fils unique et la douleur me poignarda le cœur.

Nous jetâmes ensuite les cendres de mon cousin dans la rivière des Péchés, derrière le temple. Au loin, sur la berge opposée, les austères montagnes bleues nous regardaient, ainsi qu'elles le faisaient depuis toujours, nous autres les endeuillés, les baigneurs et les pécheurs.

J'avais espéré que les cendres coulent aussitôt. Mais Raghu s'attarda en un tas obstiné à la surface, comme pour dire: *Toi, l'incapable et le coupable, tu ne te débarrasseras pas si facilement de moi*.

Un gémissement monta du groupe des femmes, mais ma tante ne pleura pas; sa douleur était devenue dure et silencieuse. Je la regardais, depuis cette berge où Raghu et moi avions autrefois mis à l'eau un petit bateau fait de bâtons et de ficelle, pendant que nos mères priaient dans le temple. Ainsi partit mon ami, toute ma jeunesse.

J'aimais autant mon frère, mais nous n'étions pas égaux, car c'était mon aîné de cinq ans. «Petite bestiole», l'appelait autrefois ma mère, à cause du toupet de cheveux qu'il avait à la naissance. Et l'homme qu'il devint, maigrichon et débraillé, avec ce regard froid et distant qui vous traversait, avait lui aussi quelque chose d'animal. Étant chasseur, Jayan savait plein de choses – faire la différence entre les traces dentelées du sambar et la large empreinte du tigre, entre la bouse de vache, celle de buffle et la merde d'éléphant. Il connaissait les plantes sauvages comme un botaniste, mais après ses quatorze ans il n'avait jamais étudié la botanique ni rien d'autre. Pour lui, la forêt était la seule école qui en valait la peine.

Jayan aurait pu devenir un étudiant passable si mon père lui avait imposé un minimum de discipline. Que dire ? Je suppose que mon père était trop occupé avec ses propres travers.

Le jour, il était paysan ; la nuit, un poivrot accompli, célèbre pour vider toute une bouteille de rhum avant de trouver la force d'en entamer une autre. Nous aurions pu supporter son côté alcoolo, nous qui l'aidions à rentrer à la maison tous ses soirs d'ivresse, c'est-à-dire tous les soirs, nous qui préparions le mélange de yaourt qui, le lendemain matin, le remettait d'aplomb, les yeux toujours injectés de sang. Mais il avait aussi un penchant déplorable pour les paris – sur les cartes, les chiens, les élections locales, tout ce qui pouvait multiplier un billet par deux. À voir son large dos, sa barbe laineuse et son regard quasi divin, tourné vers l'intérieur comme s'il essayait de découvrir le sens caché de l'univers, on n'aurait jamais soupçonné sa faiblesse. Mais c'était le manque de volonté qui, chaque soir, lui faisait vider ses poches et vendre petit à petit deux de nos arpents pour financer son vice. Cette même faiblesse le poussa à voler le cadeau de mariage offert à ma mère, un collier en or si long qu'elle devait l'enrouler trois fois autour de son cou.

« Peut-être qu'il a besoin d'argent pour un investissement, hasardai-je.

– Peut-être que quelqu'un veut le tuer, rétorqua Jayan.

– T'en sais strictement rien.

– Je sais que c'est pas un saint. »

Jayan tira alors de sa poche un bout de métal bien étrange, comportant quatre trous reliés entre eux. Il glissa les doigts d'une main dans ces trous et fit semblant de me donner un coup de poing sur le nez. Ma peur le fit sourire. « J'ai trouvé ça dans sa commode. » Jayan examina ses doigts comme s'il admirait un magnifique joyau. « Je pourrais te refaire le portrait avec ce truc. »

Malgré mes tentatives, il m'était impossible d'associer ce père au coup de poing américain à celui que je connaissais. Tel est le pouvoir de la boisson : elle peut couper un homme en deux personnes différentes, chacune étrangère à l'autre. Le père que je connaissais n'avait jamais levé la main sur nous, comme si la violence était indigne de lui. Sa voix suffisait à nous avertir – profonde, impérieuse, caverneuse. Après son décès, j'essayai de retrouver son timbre en murmurant dans un journal roulé en cylindre, jusqu'à ce que ma mère s'en empare et me frappe avec, comme une folle.

J'étais son préféré, voyez-vous. Un matin, il m'emmena dans le champ et m'apprit à évaluer la récolte finale : on délimitait un mètre carré, on comptait les plants, puis on calculait la moyenne des grains de riz par plant. C'était juste une estimation, me dit-il, car cultiver la terre impliquait de renoncer à tout contrôler, de supputer sans jamais avoir la moindre certitude. Nous utilisions les maths et les présages, nous cherchions notre bonne fortune parmi les étoiles, mais, dit-il en haussant les épaules :

« Certains signes sont trompeurs. Et aucun ne te servira jamais.

– Pourquoi ?

– Tu deviendras quelque chose de mieux qu'un simple paysan, mon garçon. Aussi sûr que les velles deviennent des vaches. »

Ses paroles avaient quelque chose de magique, comme le doigt qu'il pressait telle une baguette contre ma poitrine.

Jayan, de son côté, avait ses propres ambitions. Il aidait de temps en temps à la ferme, mais il passait le plus clair de ses journées dans un quartier mal famé de la ville, avec ses voyous d'amis, des vauriens et des fainéants que nous ne rencontrions jamais.

Raghu avait surpris mon frère en compagnie de types louches dans une *shappe*, parlant tamoul devant du vin de palme et du poisson. Je n'en dis rien à ma mère, qui aurait fait un esclandre parce que nous ne mangions jamais de poisson.

Quant à moi, je préférais de loin passer mon temps libre, en dehors des heures d'école, en compagnie de Raghu, dans la ferme de son père. Le père de Raghu et le mien étaient comme le jour et la nuit. Son géniteur avait deux ans de plus que le mien et était d'une sobriété exemplaire. Nous le surnommions Synthétique Achan (mais jamais en sa présence), à cause de son éternel refrain :

« Du Coca ? Pourquoi voulez-vous boire du Coca ? Le Coca est *bourré* de produits synthétiques. »

Même chose pour les jus en boîte, le sucre blanc, les bonbons, le chocolat et presque toutes les autres délicieuses friandises.

Pourtant, j'aimais beaucoup Synthétique Achan, car à n'importe quelle heure du jour ou de la nuit il restait identique à lui-même, commençant ses journées avec un verre de lait chaud et les terminant avec un dé de vin de palme et deux claquements de langue. (Le vin de palme était le seul alcool qu'il consommait, car il venait tout droit de la noix de coco.) Il se montrait prudent avec son argent et ses terres, ayant hérité sept arpents, contre les six de mon père. À la fin de chaque récolte, il se voyait récompensé d'une montagne de riz naturel, odorant et doré, qu'il entreposait dans la cabane. Enfants, Raghu et moi escaladions ces tas et en redescendions en glissant, jusqu'à ce que nos jambes soient tout irritées par les écorces du riz. Démangeaisons ou pas, ce fut le meilleur moment de ma vie.

Mais mon bonheur était fragile, du genre à ne pas durer.

Les problèmes commencèrent lorsque ma mère découvrit un sac de balles de fusil dans la commode de Jayan – de gros calibre et rudimentaires, comme sciées dans une tige de direction – et lança ce sac vers mon père. Selon elle, c'était au père de remettre dans le droit chemin un fils qui filait un mauvais coton, même s'il était lui-même loin d'être un modèle de vertu.

Ce soir-là, Jayan trouva mon père qui l'attendait sur la galerie, pour une fois sobre. Ma mère et moi nous tenions en retrait sur le seuil.

« Ça te sert à quoi ? » s'enquit mon père en lançant le sac de balles aux pieds de Jayan.

Jayan prit le temps d'ajuster sa montre neuve à son poignet avant de se pencher pour ramasser ses munitions. Cette montre était une Solex, parente pauvre de la Rolex, mais en or et splendide malgré tout.

« À gagner de l'argent.

– De l'argent sale.

– Au moins il est à moi. »

Ma mère saisit le chambranle de la porte, toute colère disparue de sa voix. « Pas ici. À l'intérieur. »

Mais mon père dégringolait déjà les marches en bombardant son fils de questions : était-ce Jayan qui avait apporté l'arme dans la maison, était-ce Jayan qui avait dépecé des éléphants et Dieu sait quelles autres bêtes, était-ce Jayan qui accablait son père et sa mère de honte en devenant ce qu'ils n'avaient jamais imaginé qu'il puisse devenir, un braconnier de mauvaise vie, et, ce faisant, les reléguait eux-mêmes au rang de gens de mauvaise vie ? Était-ce vrai ? Jayan n'avait-il donc rien à dire pour sa défense ? Avait-il une banane coincée dans la bouche ?

Jamais mon père n'avait parlé aussi longtemps à mon frère. Ils avaient toujours été deux loups solitaires, heureux d'écumer chacun son versant de la montagne. Mais les lèvres de Jayan tremblaient maintenant, de peur ou de remords, je n'aurais su le dire.

Puis il éclata de rire.

« Ça te fait honte ? *À toi ?*

– Arrête de rire.

– Je pensais autrefois que tu n'avais pas de chance. Maintenant je sais que tu es juste un crétin. »

D'un seul coup de poing, mon père le mit à terre.

Ma mère accourut pour aider Jayan, mais il l'en empêcha en tendant le bras. Le verre de sa montre brilla au clair de lune. Elle me parut soudain énorme, complètement incongrue sur son mince poignet.

Durant une seconde terrible, je crus que mon frère allait se ruer sur mon père. Mais il lui décocha un coup bien pire : il le fixa du regard et dit que nous souhaitions tous sa mort.

Une fois ou deux, cette pensée m'avait traversé l'esprit. J'avais même été jusqu'à imaginer mon existence sans lui. Ne feriez-vous pas la même chose, à force de voir jour après jour votre père détruire votre mère, boire toutes vos terres ? Ne lui souhaiteriez-vous pas de reposer en paix, pour pouvoir honorer les rares bons souvenirs que vous garderiez de lui et conserver le peu qui vous resterait de terres et d'amour ?

Pourtant, Jayan n'aurait jamais dû dire une chose pareille. Entendre cette vérité énoncée à voix haute... ce fut comme un coup de fouet lacérant mon cœur.

Mon père tenta de dissimuler sa douleur en crachant sur le côté. Mais l'espace d'un bref instant, son regard croisa le mien et je vis tout au fond de lui, je vis combien il était fatigué. Certains hommes ne parviennent pas à maîtriser leurs désirs contradictoires. Mon père était de ceux-là et il en avait conscience, tout comme il savait quand et où sa vie toucherait à sa fin.

Un mois plus tard, on repêcha son cadavre dans une rivière. Des bleus autour de la gorge, une touffe de sa barbe laineuse arrachée. Ma mère nous interdit de parler à la police, par peur des représailles, mais je ne pus me débarrasser de cette image – mon père flottant dans l'eau, le visage tourné vers le fond, où avaient désormais coulé tous ses espoirs à mon endroit.

Je demandai plus tard à mon frère :

« Il ne te manque donc pas ? »

Jayan réfléchit moins d'une seconde à ma question.

« Tu regrettes de ne pas avoir de voiture ?

– Nous n'avons jamais eu de voiture.

– Eh bien, c'est pareil. »

Jayan travaillait au champ jusqu'à ce que le soleil lui brûle les bras, jusqu'à ce que la terre s'incruste sous ses ongles et lui souille les cuisses, à force de patauger dans la boue. Il suivait le contremaître de mon père lors de ses tournées matinales, apprenait à semer les graines, à repiquer les pousses fragiles, à interpréter la couleur et l'aspect de la récolte, quand donner de l'azote aux plants malingres, quand répandre des galettes de magnésium pour éliminer les rats qui suçaient la sève à la base des tiges brisées. Une erreur, un coup du sort ou une nuée de colombes sauvages fit que deux plantations souffrirent. Et tout ce temps, mon frère continua ses petites affaires.

Il apprit à lire la récolte, et moi, à lire sur son visage. La veille d'une chasse, il observait toujours les arbres, écoutant son augure, le pic-vert. Si l'oiseau lançait son cri depuis l'est, j'apercevais le matin suivant mon frère qui se faufilait le long de la maison en tenue de chasseur – bermuda vert et T-shirt noir. Si, le lendemain de son retour de la forêt, une Maruti bleue s'arrêtait près de la cabane et que mon frère fourrait un sac d'engrais dans le coffre de la voiture, alors la chasse avait été fructueuse. Si le conducteur marchandait longtemps avec lui, Jayan était de mauvaise humeur durant toute la journée.

Ma mère adopta une nouvelle politique, consistant à détourner le regard, car elle croyait que Jayan nous abandonnerait pour de bon si jamais elle lui faisait trop de reproches. Je ne partageais pas ses craintes, mais Jayan était Jayan et il avait un sale caractère. Certains soirs, il buvait avec ses idiots d'amis ; au fil des heures, il se défoulait de ses frustrations sur le premier passant venu et rentrait à la maison avec une lèvre fendue et boursouflée. On oubliait trop aisément qu'il n'avait que vingt ans.

Lors des chasses, devais-je bientôt apprendre, Jayan dirigeait une bande de huit hommes. En tant que tireur, il gagnait deux fois plus d'argent que les autres, qui transportaient les provisions. Par gêne envers moi, il s'arrangeait pour que je ne croise jamais ses associés. Dès qu'il s'agissait de travaux de force, il disait volontiers que j'étais fragile comme une fleur, une théorie qu'il justifiait par mon amour des livres. (Lui-même ne lisait jamais rien de plus long qu'une quittance.)

Je fus donc désagréablement surpris lorsque Jayan nous invita, Raghu et moi, pour un voyage d'affaires à

Kottayam. Jayan devait y retrouver son patron, un certain Communiste Chacko, avec qui il espérait traiter directement au lieu de marchander chaque kilo d'ivoire avec le conducteur de la Maruti bleue.

« Pourquoi ne demandes-tu pas à l'un de tes collègues de t'accompagner ? dis-je. Par exemple ce type au gros cou avec qui tu es toujours fourré ?

– Je ne peux pas lui faire confiance pour une chose pareille, et je ne peux pas y aller seul, j'aurais l'air d'un minable.

– Mais nous avons école.

– On peut sécher », proposa Raghu.

C'était lui tout craché – prompt à répondre, même si personne ne lui posait la moindre question. Assoiffé d'aventures et d'activités adultes, il désirait un moment de gloire dans sa vie sinon assommante. Il avait aussi envie de faire l'école buissonnière.

« Bien », dit Jayan avant de se tourner vers moi : « On te gardera une place. »

Il entendait par là un espace ridicule sur le siège d'un minivan qui me fit mal aux fesses quasiment durant les cinq heures du trajet. Tout du long, Raghu enchaîna les questions sur la chasse et les armes comme s'il se préparait à un entretien d'embauche. Jayan évoqua la fois où, parti pour une chasse de cinq jours, il s'était retrouvé à manger un singe noir bouilli en guise de dîner.

« Je les ai suppliés de lui trancher le cou avant de le cuire, mais ils m'ont assuré que la cervelle était le morceau de choix. » Jayan secoua la tête. « Il avait la queue coupée et était tout recroquevillé. On aurait dit un bébé mijotant dans une marmite. » Heureusement, nous arrivâmes alors à la maison de Communiste Chacko, une grosse villa en stuc avec des dauphins de pierre sur les poteaux de la grille. Raghu ne vit dans tout ce luxe que folie et gâchis (« À quoi ça sert ? Une maison peut pas nourrir son propriétaire »). Jayan lui ordonna de la boucler et de ne rien dire avant qu'on soit de retour sur la route.

Communiste Chacko avait un diplôme d'avocat – il ajoutait toujours « Esq. », pour « Esquire », à la fin de sa signature – mais c'était le portrait craché du politicien au sourire mielleux, aussi éclatant et lisse que son sol en marbre. Il y avait des photos encadrées sur tous les murs, ses fils Lénine et Staline figurant sur la plupart. Les deux garçons étaient des cancres à l'école, mais peu importait, dit Communiste Chacko, Lénine et Staline lui succéderaient pour gérer les affaires de la famille. Avec des noms pareils, ils auraient du mal à trouver du boulot. C'est Dolly qui en avait eu l'idée. Les membres de la famille de son épouse étaient des marxistes convaincus. Communiste Chacko, lui, s'en fichait. « Vous savez ce qui est le mieux quand on est marxiste ? C'est qu'on ne va pas à l'église. » Pour un type qui ne mettait jamais les pieds à l'église, il aimait sacrément prêcher.

Communiste Chacko nous fit franchir la porte de derrière et dépassa une cabane où des machines vrombissaient. Au pied d'un escalier métallique plutôt raide, il remonta un peu son *mundu*, puis loucha vers le sommet.

« Venez. Les oiseaux attendent. »

Bon Dieu, quel genre de code était-ce là ? Les « oiseaux » étaient-ils ses associés qui nous attendaient tout là-haut sur le toit, dans cette pièce bâchée ? Je fus le dernier à gravir les marches branlantes avant d'émerger dans un espace exigu où se trouvaient Communiste Chacko, Jayan, Raghu et sept cages à oiseaux en fil de fer.

Il y en avait deux par cage, mari et femme, la plupart emplumés de rouge, de jaune et de vert. Communiste Chacko se tourna vers un perroquet tout proche, fit la bouche en cul de poule et l'oiseau s'accrocha aux barreaux avec des serres filiformes. L'homme approcha un doigt du bec du volatile, lequel le mordit gentiment, puis l'abandonna.

« Elle est mignonne, dit Communiste Chacko. Les autres vous l'entaillent aussitôt.

– Ils foutent quoi là ? me chuchota Raghu.

– Je les élève et les vends, expliqua Communiste Chacko. Vous devriez voir les cacatoès s'accoupler. C'est vraiment charmant. »

J'aurais préféré regarder un clebs chier son étron, mais afin de plaire à notre hôte, je jetai un coup d'œil à une cage contenant de petites perruches. Quatre blanches et deux grises tendaient le cou de-ci, de-là.

« J'avais un ara, dit pensivement Communiste Chacko. Il s'est enfui. Vous imaginez ça ? Regarder un lakh, cent mille roupies, partir ainsi en fumée ?

– Peut-être pas tout à fait un lakh, dit mon frère. Mais je sais ce que c'est de perdre un argent durement gagné. »

Communiste Chacko sourit à l'un des bouffe-doigts.

« Tu as eu une petite prise de bec avec Babu.

– Il touche un gros pourcentage, et pour quoi ? Pour sa voiture ? Nous avons un minivan.

– Oui, j'ai vu. Pas tout à fait le véhicule passe-partout. »

Le gros bonhomme regarda dans une autre cage, où une perruche qui semblait malade logeait seule, toute dépenaillée et perdant ses plumes par endroits, ses yeux semblables à de grosses billes laiteuses. Elle se tenait parfaitement immobile, les ailes serrées autour de sa poitrine à nu.

« Il est grossier, reprit mon frère. Il marchande comme un poissonnier, il me fait perdre mon temps. Et qui est-il pour juger de la qualité ? Il souffre de cataracte aux deux yeux, pour l'amour du ciel ! »

Communiste Chacko soupira comme si toutes ces doléances témoignaient d'un manque de savoir-vivre. Son haleine ébouriffa le plumage de l'oiseau aveugle.

« Il va mourir ? » demandai-je en oubliant les consignes de silence de mon frère. Il me lança alors un regard me signifiant qu'il allait m'enterrer parmi mes livres.

« Assez vite, je crois, dit Communiste Chacko. Tu aimes les animaux ?

– Aucun que j'aimerais voir s'accoupler. »

Communiste Chacko éclata de rire.

« Je ne suis pas un sentimental, tu sais. Si tu me disais que leurs plumes se vendent très cher en Chine, à l'heure qu'il est je serais déjà en train de plumer moi-même mes plus beaux zoziaux. »

Communiste Chacko s'écarta des cages et se remit à prêcher :

« Et Dieu dit à l'homme : Sois fertile et multiplie-toi, règne sur les poissons de la mer, sur les oiseaux des airs et sur tous les êtres vivants qui se déplacent sur terre. »

Raghu opina du chef tout du long comme une grenouille de bénitier.

« OK, vas-y, dit Communiste Chacko. Livre-moi directement les défenses. Je te donnerai deux mille de plus par kilo. Mais cela vaut seulement pour un essai d'un mois. Au moindre petit problème, nous reprenons l'ancienne méthode. »

Après avoir discuté des détails pratiques – où livrer, quand et à qui –, nous laissâmes le prêcheur à ses volatiles pour retrouver la chaleur humide. Je me mis soudain à trottiner, ravi du succès de mon frère et du rôle que j'y avais joué. Peut-être aurais-je entièrement oublié la cabane si le bruit ne m'avait pas happé au passage. Mon frère et mon cousin marchaient devant et ne remarquèrent rien. La porte était entrouverte.

Comme je me souviens bien de l'univers enfermé dans cette petite pièce ! Deux longues tables couvertes d'une forêt de figurines blanches. Une troupe d'éléphants minuscules. Une pile de bracelets lisses. Et dans l'angle opposé un Nataraja géant avec une jambe en l'air, tout en ivoire.

Plusieurs artisans assis à ces tables sculptaient avec des poinçons aussi fins que des griffes de moineau.

Un homme aiguisait une pièce contre une pierre. Un jeune garçon passait de table en table, la main en coupe pour rassembler avec soin les copeaux d'ivoire dans un sac.

« Nous les vendons aux médecins ayurvédiques, expliqua Communiste Chacko en me faisait sursauter. Un peu de poudre d'ivoire mêlée à de l'huile de noix de coco ferait des merveilles contre tes pellicules.

– J'ai pas de pellicules.

– Alors je suppose que cette merde sur ton épaule, c'est de la neige ? »

Tout en époussetant ma chemise, je sentis ses yeux sur moi, qui se plissaient.

« Tu es un gars curieux, pas vrai ? dit-il.

– Pardon, monsieur, la porte était ouverte et...

– Oh, je m'en fiche. J'ai ma licence. Je l'ai obtenue dix ans avant l'interdiction, coup de bol.

– Alors l'Office des forêts ferme les yeux ?

– Ça dépend à qui sont les yeux. »

Il montra une paire de défenses sur une table proche.

« Celles-ci sont pour P. K. Kurian, l'ancien directeur territorial, avant que cette petite musulmane grassouillette prenne les commandes. C'est une dure à cuire. Tu l'as rencontrée ?

– Non. »

Communiste Chacko m'accompagna hors de la cabane, dont il ferma la porte.

« Estime-toi heureux. »

Ainsi, tous les deux mois, Jayan et son copain au gros cou chargeaient leur butin dans le minivan, puis l'emportaient à Kottayam. Quant à moi, je repris mes cours avec plaisir. J'avais seulement quinze ans, mais j'imaginais très bien mon avenir : je ferais des études commerciales à l'université, je deviendrais un jour directeur général d'une banque, j'aurais mon bureau vitré personnel, devant lequel les visiteurs attendraient leur tour. Jayan était peut-être notre canot de sauvetage pour l'instant, mais je construirais moi-même un grand navire. Je m'arrangerais pour que la mer demeure si calme que ma mère sentirait à peine le pont osciller sous ses pieds.

Mais la construction d'un navire prend un temps fou, beaucoup plus de temps qu'un simple rêve. Et Jayan n'accordait aucune paix à notre mère.

Par un matin triste et gris, le minivan s'arrêta devant notre maison. Mon frère en descendit, suivi par une femme qui garda les yeux baissés comme si elle s'excusait.

Elle avait de belles bagues à ses doigts de pieds poussiéreux, le genre de bijoux qui me semblait à la fois ridicule et intrigant. J'essayai de ne pas la dévisager trop ostensiblement, de ne pas reluquer les longs cils qui effleuraient ses joues. Je tâchai aussi de rester calme lorsque Jayan la présenta comme étant son épouse. Leela. Une femme qu'il avait rencontrée, puis épousée dans un tribunal de Kottayam.

Oh, la crise que piqua ma mère ! Comment Jayan pouvait-il faire une chose pareille ? Filer se marier avec une souillon chrétienne, sans même un bonjour-bonsoir à sa propre mère ? Quel genre de chienne sans foi ni loi, bouffeuse de bœuf, se ferait ainsi la malle avec un hindou, sans fiançailles, ni dot, ni rien ? (Une indécente, voilà ce qu'elle était ! Une profiteuse !) Et puis pourquoi Jayan croyait-il que cette bouffeuse de bœuf n'allait pas le plaquer ?

À la regarder, Leela semblait le genre de femme à avoir suivi un régime exclusif de grenades, d'amandes et de lait – je veux dire par là qu'elle était belle et séduisante, ses traits dignes d'un écran de cinéma. « C'est la classe, ce genre de mangue », soupira Raghu. Je lui flanquai une tape sur la tête. Il m'en donna une à son tour, en disant que ce n'était pas *sa* sœur.

Leela avait toujours vécu sur la côte, sans jamais voir les forêts, les vallées et les Ghats, que mon frère avait promis de lui montrer. Elle me demanda un jour :

« Est-il vrai que les membres des tribus ont la peau si sombre parce qu'ils sont en partie africains ?

– En partie quoi ? »

Elle joua avec le bout de sa natte. « Il paraît qu'ils ont épousé les esclaves africaines que les Britanniques avaient amenées avec eux. C'est pour ça que les membres des tribus ont la peau si foncée. À cause des Africains. »

Elle ajouta avec une certaine hésitation : « Il n'y a pas de membres des tribus dans mon village. »

En proie à une grande confusion, je la dévisageai. *Tu es une grosse bêtasse. Tu es la chose la plus belle que j'aie jamais vue. Tu es l'épouse de mon frère. Pourquoi ? Mon frère a le cerveau d'un lézard. Je cartonne à l'école. Je suis certain de faire quelque chose de ma vie, aussi sûr que les velles deviennent des vaches. Mais ma mère me laissera-t-elle trouver une Leela à moi ? Non. Car une famille ne s'autorise pas une seconde erreur. Tu es cette splendide erreur. Et moi, j'épouserai une affreuse génisse aux yeux bigleux et aux sabots difformes, avec qui mes étoiles s'aligneront.*

« C'est pas à cause des Africains », conclut-elle en piquant un fard.

Tout ce que nous savions sur Leela aurait pu tenir sur le côté de l'emballage d'un tube de dentifrice. Sa famille venait d'un minuscule village qu'elle préféra ne pas mentionner. Elle n'avait aucune éducation ni aucun talent. Son père était poseur de briques. Les circonstances de la rencontre entre Jayan et elle étaient un mystère que ma mère baptisa « leurs débuts minables » ; de cette histoire, Leela ne nous conta pas un seul mot.

Si le monde selon ma mère était en proie au chaos, la récolte n'en montrait aucun signe. Les tiges poussaient avec vigueur et le riz oscillait à leur sommet, telles des perles magnifiques. Leela supportait le silence de ma mère en se réfugiant derrière un mur de politesse et disparaissait comme par magie dès que celle-ci manifestait la moindre mauvaise humeur. Ma mère avait à peine fini son thé matinal que Leela débarrassait la tasse pour la rincer. Elle prit en mains la lessive, le repassage et le ménage, pendant que ma mère montrait du doigt d'infimes miettes, la moindre tache, le pli à peine visible, comme si elle avait personnellement inventé l'art de tenir une maison.

Toutes ces humiliations, Leela les supportait sans acrimonie. L'amour juvénile de Jayan semblait lui suffire. Dès qu'il revenait des champs, elle rayonnait en sa présence puante, et il n'était pas moins passionné ; sa main lui serrait toujours la taille, la natte, les fesses, il palpait et palpait encore, sans jamais s'en rassasier. Il prenait seulement ces libertés lorsqu'il se croyait seul avec sa chérie, mais dans une maison de trois pièces il y avait peu d'intimité.

J'entendais parfois l'infime murmure d'une dispute à travers les murs, sans doute liée aux séjours continuels de mon frère en forêt. La nature sauvage, toute bruissante d'aventures, attirait irrésistiblement Jayan. Malgré leurs désaccords, elle se tenait toujours près de la porte dans l'aube nébuleuse pour le regarder se diriger vers les champs.

«Je m'inquiète pour lui», me confia-t-elle un jour après le départ de Jayan.

Tu devrais t'y habituer, pensai-je alors.

«Il prétend qu'il n'y a aucune raison de s'inquiéter. Quel mal y a-t-il à couper un arbre ? me dit-il. Mais quelque chose cloche forcément puisque la loi l'interdit.

– Quel arbre ? demandai-je.

– Du bois de santal. Ce sont ses petites affaires, pas vrai ?»

Mon regard plongea dans ces yeux innocents. Mon silence rendait la réponse explicite. Pourtant, je ne pouvais pas trahir complètement mon frère. Je ne réussis pas à dire autre chose que : « Demande-lui donc. »

Elle n'eut pas l'occasion de suivre mes conseils, car lorsque Jayan revint de sa dernière escapade, il répéta sans arrêt : « Plus tard, plus tard, pas maintenant. » La journée s'écoula sans que le minivan n'arrive sur la route, et le lendemain vers midi mon frère était d'une humeur exécrable. Je devinais ce qui lui mettait les nerfs en pelote – il y avait de l'ivoire dans la cabane, la moelle séchait, le poids diminuait et le prix de même, à chaque gramme qui s'évaporait.

Au crépuscule, mon frère réserva une voiture pour le lendemain matin et jura de ne plus jamais travailler avec ce salopard irresponsable. Il ne se doutait pas que ledit salopard s'était juré exactement la même chose.

Car cette nuit-là, la police de Karnataka enfonça notre porte, traversa notre salon et s'empara de mon frère sans même lui laisser le temps de mettre une chemise. Ils baragouinaient un mélange de kannada et de malayalam, disaient qu'il avait franchi la frontière entre deux États avec des armes. Ils prirent l'ivoire dans la cabane, une défense après l'autre, chacune enveloppée dans du papier journal, tels des œufs nichés dans un chaudron, qui jamais n'écloraient. Lorsque Leena arriva en courant, un *mundu* bleu à la main, les policiers entraînaient déjà mon frère vers la Jeep.

Imaginez un peu ça : nous, debout dans la cour, au beau milieu de la nuit. Leela tenant un *mundu* bleu. Ma mère insultant les policiers. Moi, à quinze ans, voyant mon frère vêtu de son seul *chaddi*, entre deux brutes qui n'ont même pas la décence de lui laisser enfiler une chemise.

Il est difficile de croire les yeux fermés un homme qui, durant un échange téléphonique de dix minutes depuis la prison, vous dit de ne pas vous inquiéter. Mais Jayan nous assura que Communiste Chacko allait payer sa caution ainsi qu'il l'avait déjà fait deux fois par le passé.

« Deux fois ? Quelles deux fois ? » s'étonna Leela.

Mon frère répondit qu'il n'avait pas le temps de s'expliquer. Il promit qu'il n'y aurait pas de procès.

Mais Communiste Chacko refusa de payer la caution de Jayan à cause des dettes déjà contractées par mon frère. Je soupçonnai que celles-ci étaient liées aux deux précédentes cautions. Le procès aurait donc lieu. Ce salopard de gros-cou servirait de témoin à charge.

Leurs rapports avaient tourné vinaigre depuis le jour où gros-cou avait exigé de tenir le fusil pour gagner le double salaire qui allait avec. Mon frère sentait qu'il ne pouvait pas lui faire confiance, ni pour tirer correctement ni pour répartir l'argent, une tâche qui incombait au tireur. Jayan refusa donc d'accéder à sa demande et le traître alla aussitôt trouver la police à qui il raconta ces sornettes : la vérité venait de le toucher en plein cœur, il voulait changer de vie et désormais respecter la loi. Le juge et les jurés se délecteraient de ce conte de fées comme les corbeaux se repaissent d'une charogne. Si mon frère avait naguère suscité l'admiration pour ses talents de tireur hors pair, désormais l'opinion publique le traînait dans la boue. Le bruit courut partout qu'il avait gagné des sommes astronomiques grâce aux éléphants – pourquoi, sinon, la police de Karnataka aurait-elle franchi la frontière pour l'arrêter ? Presque tous les gens, chrétiens, musulmans et hindous, pensaient que tuer des éléphants pour de l'argent constituait un grave péché, et il était encore pire que Jayan se soit enrichi en pratiquant cette activité illégale alors que tout le monde acceptait un salaire de misère pour exercer un métier honnête.

« Quel argent ? s'indigna Leela devant moi comme si j'incarnais l'ensemble de la société. Il a tué quatre ou cinq éléphants, c'est tout. Il me l'a juré. Pourquoi le gardent-ils en prison à cause de quatre malheureuses bêtes ? »

Très bien, d'accord, je lui laissai croire qu'il y en avait quatre, pas plus. Je me dis que ce n'étaient pas mes oignons, mais les leurs. Voici la vérité : j'aurais volontiers juré n'importe quoi sur sa bible du roi Jacques pour empêcher Leela de nous quitter, de me quitter.

Mon frère insista vigoureusement pour que nous n'allions pas à Karnakata assister à son procès. Les jurés comprendraient sans doute très vite que gros-cou était un témoin mensonger, au vu de ses antécédents déplorables et des délits dont cet idiot s'était rendu coupable. (Un jour qu'il essayait de cambrioler un bâtiment administratif, il s'était lui-même enfermé dans le hall de l'immeuble.) C'était un voyage trop long pour une affaire qui serait réglée en quelques minutes. Et puis, si nous venions, qui s'occuperait de la ferme ?

Jayan savait très bien – comment aurait-il pu l'ignorer, lui qui était installé aux premières loges ? – que la cour le jugerait coupable. Il nous faisait ainsi un cadeau pitoyable, le seul et unique qu'il pouvait nous offrir : il s'arrangeait pour nous éviter de le voir avec ses minces poignets dans les fers, et pour que nous continuions de vivre comme si rien n'avait changé.

Mon frère passa quatre ans derrière les barreaux. Et ma mère presque autant de temps confinée chez elle, gardée en otage par la conviction que les curieux et les langues perfides, dont les chuchotis traversaient ses murs, l'attendaient dans la rue. Un mauvais mari était un coup du sort. Mais ce mauvais fils était de sa faute à elle, et elle croyait mériter tous les mots vipérins prononcés à son encontre. Leela déclara quant à elle qu'il était inutile d'écouter ces insanités. Elle se noua un foulard autour de la tête, prit une faucille, puis se mit au travail dans les champs avec les femmes adiyas qui la regardaient vouloir faucher les tiges, transpirer, pester, ne rien couper. Elles finirent par lui apprendre à aiguiser sa lame contre un bambou, puis à se mettre au boulot pour de bon. Elle trouva l'argent nécessaire à l'achat de poulets et d'une vache nommée Fille blanche, nous procurant ainsi quelque revenu grâce à la vente des œufs et du lait. Ses poulets, elle les gardait aussi jalousement que si elle-même les avait mis au monde, mais il y avait de nombreux prédateurs. Un jour, un vautour s'empara d'une poule dans ses serres, puis la perdit en s'envolant. Le ventre en l'air, la poule gisait en caquetant dans la poussière, une mince lanière brillante d'entrailles lui sortant du corps. Elle était fichue, pensai-je, ainsi que tous les œufs qu'elle aurait pu pondre pour nous.

Mais la seconde d'après, Leela m'ordonna d'aller lui chercher du fil et une aiguille. Pour elle, j'avais maintes fois passé le fil dans le chas de l'aiguille, mais je ne l'avais jamais vue faire ce qu'elle fit alors : tenant délicatement la poule au creux de sa paume, elle lui remit les viscères dans le ventre comme si elle fourrait une pâtisserie. Puis, tel un chirurgien, elle recousit le ventre avant d'enduire la plaie avec une pâte de curcuma.

Cette poule recousue finit par vivre plus longtemps que toutes les autres. Elle suivait même Leela dans la cour comme un amoureux transi refusant de se voir éconduit, un comportement qui m'aurait volontiers fait rire s'il n'avait pas évoqué de manière aussi saisissante mon propre état d'esprit.

En effet, je n'étais pas le seul fan de Leela, si je puis dire.

Un jour, devant la maison, deux types m'appelèrent et demandèrent à voir Podimattom Leela. L'un avait un long visage et des traits de lézard. Il déclara qu'il la connaissait d'avant, qu'ils étaient amis. Des associés, ajouta l'autre, un gars au faciès tout ridé et couturé rappelant une demi-tête de chou. Ils avaient entendu parler de ses ennuis financiers. Ils pensaient pouvoir l'aider.

Le lézard sourit, découvrant des dents minuscules. « Elle peut nous trouver à l'hôtel Meriya », ajouta-t-il avant de partir.

Je rejoignis Leela à l'arrière, debout au-dessus d'un énorme jaque, l'un des trois à nous offerts par Synthétique Achan, qui savait que j'adorais les frites qu'on en tirait. Elle se mordait la lèvre, comme en colère contre ce gros ballon vert, dont la tige vomissait de la sève.

« Ils sont partis ? » demanda-t-elle.

J'acquiesçai. Elle me tendit la binette. Je levai le fer au-dessus de ma tête et l'abattis sur le fruit. Je fis pivoter le jaque, puis le fendis encore. Pivoter. Fendre. Pivoter. Fendre.

Elle s'accroupit et, avec ses doigts, sépara le fruit en deux, la sève gluante lui souillant les phalanges. Chaque moitié exhibait une forme de marguerite, les gousses jaune pâle semblables à des pétales autour du centre pulpeux. Avec un couteau de cuisine, elle se mit à couper les moitiés en quarts, toujours sans parler, la bouche hermétiquement close.

Je lui demandai pourquoi ces hommes l'avaient appelée Podimattom Leela. Elle me répondit que c'était le nom de son lieu de naissance.

« Personne ne m'appelle Sitamala Manu. »

Elle resta silencieuse.

« Ils ont dit que vous étiez associés, repris-je.

– Clients.

– Quel genre de clients ?

– Le même genre que ton frère. »

Elle parlait de sa voix de tous les jours, ça oui, mais je vis les larmes s'accumuler au bord de ses paupières. Je ressentis le bref désir pervers de les voir tomber de ses yeux.

Elle lança le couteau sur le papier journal, puis plongea ses doigts dans une coupe métallique remplie d'huile, pour en ôter la sève blanche. Elle passa ensuite tout près de moi. Je lui saisis le bras.

« Je mérite de savoir...

– Savoir quoi ? Allez, crache-le. »

Une bouffée de chaleur me monta aux joues. La question exigeait du tact. Mais je n'avais aucun tact. J'avais seulement une houe dans la main.

« Tout ce baratin sur le bois de santal... »

Elle secoua la tête. « Ne viens pas me raconter que tu mérites quoi que ce soit. »

Je baissai les yeux. Ne trouvai rien à répondre.

Au bout d'un moment, elle reprit d'une petite voix :

« Connaissant ces deux-là, dès demain toute la ville sera au courant.

– Sûrement pas. Je ne les laisserai pas faire.

– Oho... Mon héros. »

Elle eut un sourire triste en regardant le jaque éventré à nos pieds.

« Ne t'en mêle pas, Manu, surtout ne t'en mêle pas. »

Un autre homme aurait laissé passer un peu de temps et chassé tout cela de son esprit. Mais je n'étais pas un homme ; j'étais un garçon de seize ans, tout bouillonnant de désir et de colère, et je sentais que je devais coûte que coûte la défendre. Raghu refusa de se joindre à moi, car il avait vu les deux crétins et évoqua de très funestes présages.

Je trouvai le lézard à la *shappe* toute proche de l'hôtel Meriya, entouré de sa cour dérisoire de vauriens. Du coin de l'œil, le lézard me vit arriver et il se lança alors dans un one-man-show aussi improvisé que débridé. Podimattom Leela ! Tel un boucher, il vanta toutes les parties de son corps, de la langue à la cuisse en passant par la poitrine, et oh ! les choses qu'elle savait faire avec certaines d'entre elles ! Son menu était toujours le même, long et incluant toutes les spécialités, rien ne manquait à sa liste et, sans mentir, sa bouche ne se lassait jamais...

« La tienne non plus. »

Ce mange-merde me sourit. Je gardai les mains enfoncées dans les poches du vieux pantalon de mon frère.

« Ah. Voici son garde du corps.

– Elle s'appelle Leela Shivaram.

– Comment aurais-je pu le deviner ? Elle ne m'a pas invité au mariage.

– Maintenant tu le sais.

– Je la connaissais différente.

– Tu connaissais quelqu'un d'autre. »

Il haussa les épaules. « On a beau laver un corbeau, il ne deviendra jamais blanc. »

Je lui demandai de me suivre à l'écart des autres. Il suçota avec nonchalance une arête de poisson avant de se décider à se lever. J'eus beaucoup de mal à conserver mes airs de dur-à-cuire pendant qu'il se rinçait scrupuleusement la bouche.

Il me suivit à une petite distance de la *shappe*, jusqu'à un bosquet d'arbres où, me retournant, je découvris la tête-de-chou à côté du lézard. Tout courage m'abandonna.

« Il fait quoi, là ?

– Sûrement pas l'arbitre, tu peux me croire. »

Je gardai les yeux rivés sur ses pieds tandis que je serrais le poing dans ma poche, quatre doigts enfilés dans l'acier de mon père. Je me rappelai le coup-de-poing américain terne et menaçant dans la paume de mon frère. Le lézard me demanda si je voulais réviser mon point de vue, à quoi je répondis en lui flanquant mon poing métallique dans la tronche.

Il tournoya et s'écroula à plat ventre, les bras écartés en une pose qui me rappela mon père, et, l'espace d'un instant terrible, je le crus mort.

La tête-de-chou regarda son collègue qui, à mon grand soulagement, s'efforça de soulever la tête comme un nouveau-né. Je profitai de ces quelques secondes indécises pour lancer la pièce métallique dans les arbres, de manière qu'ils ne puissent pas l'utiliser contre moi. La douleur palpitait dans mes doigts.

Remarquez bien une chose : je ne pris pas mes jambes à mon cou. Contrairement à mon père, je ne savais pas accumuler les dettes.

La tête-de-chou soupira et me considéra avec un air de déception presque paternelle. Puis il me frappa à l'oreille, au menton et – avec une violence à couper le souffle – au ventre.

Allongé dans l'herbe, je me préparai à l'ultime coup de pied, celui qui m'expédierait vers un profond sommeil, quand une voix résonnant au-dessus de moi ordonna : « Laisse-le tranquille ou je te transforme en passoire. »

Le monde tournoyait autour de moi, mais je distinguai la silhouette d'un garçon qui tenait un fusil. Un garçon dont les bras aussi minces que des os de poulet ressemblaient beaucoup à ceux de Raghu.

« Ce fusil est plus grand que toi, dit la tête-de-chou. Sans doute même pas chargé. »

Le jeune abaissa son arme. « Tu paries, minable ? »

Oh, ce fut une imitation de tout premier ordre, si convaincante que la tête-de-chou obtempéra, s'en alla en portant son collègue et en maugréant de faibles menaces. Dès qu'ils furent partis, Raghu me transporta jusqu'à chez moi, sa plus grande peur étant que Synthétique Achan découvre la disparition de son fusil. Des lapins étaient gravés sur le canon – je me rappelle ce détail d'une arme que je devais retrouver plus tard, en des circonstances plus dramatiques. Je me rappelle aussi le sourire triomphal de Raghu tandis que nous rentrions chez nous en voiture.

« Pourquoi as-tu mis si longtemps ? réussis-je à articuler avec la moitié de ma bouche toujours valide. Un autre coup de poing et ils m'auraient démoli.

– Regarde-toi un peu dans le rétroviseur, gamin. Ils *t'ont* démoli.

– J'ai cassé la gueule à l'un des deux.

– Maintenant tu hallucines. »

Et ainsi de suite, à nous contredire et à nous disputer, car j'étais incapable d'exprimer la moindre gratitude.

Je passai les jours suivants dans un brouillard douloureux. Mes lettres à Jayan n'évoquèrent jamais ce qui venait de m'arriver. Selon une règle tacite, nos courriers contenaient seulement des scènes paisibles, et je décrivais un foyer beaucoup plus agréable que celui dont il se souvenait.

Pour nous, il peignait la prison sous des couleurs similaires :

> *À six heures, on nous sert le* chai *dans nos cellules. À six heures et demie, nous rejoignons la cour pour jouer aux échecs, au carrom, ou lire le journal. Je lis le journal. Il y a trois cabines téléphoniques. Une belle bibliothèque. Un homme en prison ici depuis quinze ans a décroché sa licence de droit et deux autres diplômes. Je me mettrais bien au droit si je ne détestais pas autant les avocats. Regarder le plafond est plus instructif que leurs conseils.*

Aucun d'entre nous ne croyait que la prison était la luxueuse fac de droit décrite par Jayan. Nous n'étions pourtant guère préparés à notre première visite.

La semaine précédente, ma mère et Leela cuisinèrent un festin à même de remplir dix fois le ventre de mon frère, avec des bocaux d'achards, tant au citron qu'à la mangue, du *sambar*, de l'*avial*, du riz. La chaleur gâta la moitié de ces délices tandis que nous attendions le feu vert des services de sécurité. Trois heures à poireauter debout pour trente minutes à regarder à travers un grillage métallique si épais que nos mains ne pouvaient pas toucher les siennes. Je compris enfin pourquoi depuis si longtemps il nous dissuadait de venir lui rendre visite. Le voir dans cet état coupa littéralement la parole à ma mère.

Car il était quelqu'un d'autre, mon frère, les yeux globuleux comme ceux d'un poivrot, les clavicules si saillantes qu'on aurait pu les casser tels des crayons. Même son élocution avait changé et il pérorait sans discontinuer, comme s'il voulait nous empêcher de parler. L'unique sujet de son monologue était l'indécence barbare du système judiciaire du Karnataka. Dans cet État, trente pour cent des prisonniers étaient innocents. Au Karnataka, si un homme se suicidait, on arrêtait son épouse pour complicité de meurtre. Au Karnataka, on pouvait prendre six mois de taule parce qu'on avait fumé une cigarette.

C'était bien beau de plaider l'innocence quand tout le Karnataka prétendait le contraire. Bien sûr, ni ma mère ni Leela n'entraient sur ce terrain, moi non plus d'ailleurs. Nous nous bornions à des questions neutres dont nous connaissions les réponses, telles que *Comment vas-tu ?* ou *Qu'aimerais-tu qu'on t'apporte ?* Ces trente minutes furent saturées de souffrance et d'un désespoir aveugle.

À un moment, il tourna vers moi ses yeux rouges.
« Qu'est-il arrivé à ton nez ?

– Rien. »

Je portai la main à mes narines, où demeurait une marque de la rixe du mois précédent.

« Je me suis battu avec quelqu'un.

– *Toi ?*

– Pourquoi pas moi ?

– À cause de quoi ? »

Leela me fusilla du regard. Je leur avais menti, à elle et à ma mère, mais un seul coup d'œil à mon visage tuméfié avait suffi à Leela pour comprendre.

« Agressé. » Ma mère soupira. « Tu peux imaginer une chose pareille ? En plein jour. »

Au fil des ans, nous nous accrochâmes aux moindres miettes d'espoir qui se présentaient. Lorsque les journaux annoncèrent que le Karnataka allait gracier un certain nombre de prisonniers tirés au sort pour le 1er novembre, en l'honneur de la fête nationale de cet État, nous attendîmes une liste qui ne vint jamais. Quand Jayan congédia son avocat, ma mère et Leela en trouvèrent un autre, mais ces gens étaient des moustiques qui vrombissaient sans cesse à votre oreille et vous saignaient à blanc.

Le jour où Jayan fut libéré, j'étais un jeune homme de dix-neuf ans et je n'avais plus le moindre espoir d'entrer à l'université. Je m'étais dit que je m'y inscrirais dès le retour de mon frère à la maison, mais je n'avais pas prévu ce que la captivité pouvait faire à un homme en l'espace de quatre ans.

Toute son aisance et son assurance l'avaient quitté. Il avait le regard fuyant, la méfiance d'un animal traqué. Il dormait toute la journée et fumait toute la nuit, comme pour savourer toutes les bidis qu'il n'avait pu acheter en prison. Il nous était à la fois familier et étranger, ainsi que nous devions l'être pour lui.

J'évitais mon frère, mais les femmes le traitaient avec davantage de délicatesse. Ma mère avait mille attentions à son égard et il suffisait qu'il rote pour que Leela accoure vers son époux comme si un verre plein bousculé par mégarde était sur le point de tomber de la table. Elle ajoutait son nom à la fin de chacune de ses phrases comme pour le lui rappeler.

Un soir, j'entendis Jayan marmonner des paroles fielleuses à Leela. Elle désirait qu'il l'accompagne au temple pour la fête de Sita Devi, la plus somptueuse à des kilomètres à la ronde, mais mon frère n'était pas d'humeur.

« Autant que je me fasse tatouer VOLEUR sur le front. Voilà comment les gens me verront.

– Laisse-les donc te regarder. Nous n'avons rien à cacher maintenant. Tout le temps où tu étais parti, je suis restée fière. J'ai travaillé. Je ne me suis abaissée devant personne.

– Qui t'a donné la vache et les poules ?

– Je les ai achetées.

– Avec quel argent ? »

Elle se tut, puis dit : « Ma chaîne de mariage. »

Un long silence pesant.

« Tu aurais dû partir, dit-il.

– Pour aller où ? Qui voudrait de moi ?

– Tes sœurs.

– Elles accepteraient mon argent, mais me renieraient. » Jayan marmonna. « Tu sais pourquoi. De toute façon, elles ne peuvent pas me donner d'enfant. »

J'entendis mon frère se racler doucement la gorge.

« Je suis lasse d'attendre, poursuivit Leela. Tu m'as promis une vie digne de ce nom. »

Jayan ne dit rien. La voix de Leela prit une intonation différente, douce et charmeuse. *Dois-je me montrer plus précise… ?* demanda-t-elle, entraînant alors le genre de réponse qui m'empêcha de dormir.

Les mois filèrent et Jayan parut retrouver un peu de son assurance. Il se remit à travailler dans les champs, où je l'accompagnais souvent, laissant Raghu tout seul. Même lorsque mon cousin m'invitait à regarder *Junior Mandrake* chez lui, sur leur télé LG toute neuve, je lui répondais que j'étais épuisé après avoir passé toute la journée à travailler près de Jayan, qui semblait infatigable et ne s'arrêtait jamais, même pour boire.

« Mais il y a Jagathy dans le rôle principal, dit Raghu. Tu adores Jagathy.

– Je préfère mon lit. »

Raghu frotta un pied maigrichon contre l'autre.

« Tu ne nous aides plus jamais aux champs.

– Vous avez bien assez d'aide comme ça.

– Mon père dit que tu dois venir au *palli* avec moi ce soir.

– Ce soir ? Je suis trop crevé.

– Pas trop crevé pour ta petite chérie. »

Il haussa la voix pour que ma mère l'entende. « Elle s'appelle comment ? Kamini ? Yamini ? »

Je lui répondis d'aller baiser une pierre. Bien sûr, j'ignorais que « baiser une pierre » seraient les derniers mots que j'aurai adressés à Raghu, mon cousin, mon frère, mon meilleur ami, qui m'avait sauvé la vie et qui était sur le point de perdre la sienne. Aujourd'hui, je m'en veux toujours de ne pas l'avoir accompagné ce soir-là, mais la pire chose que je fis, ce fut de constater son air blessé et de tourner les talons.

Six mois après la libération de mon frère, mon cousin fut tué.

Durant les jours qui suivirent son décès, Raghu m'apparut au temple et dans les champs, puis une fois à l'arrière d'un camion. De même, j'avais été visité par mon père pendant un certain temps après sa disparition. J'avais un jour poursuivi un bus en courant, persuadé d'y avoir vu mon père composter les billets.

Le travail fut le seul mur sur lequel m'appuyer. Avec la permission de ma mère, je me mis à trimer dans les champs de Synthétique Achan, car il lui manquait une paire de bras. Non que mon oncle ait désiré les miens. Il détestait ma seule présence, évitait de croiser mon regard, même lorsqu'il me donnait un ordre, même quand à la fin de la journée je lui annonçais : « Je viendrai quand je pourrai », ce à quoi il ne daignait même pas répondre par un grognement. Ma sueur abreuvait ses rizières. Je trouvai une possible solution au problème des perruches caquetantes qui fondaient du ciel pour se gorger de riz. Je passai toute une matinée à planter deux poteaux à la limite est de sa ferme avant de les relier avec une bonne longueur de plastique blanc, où j'accrochai des capsules de bouteilles et des clochettes. Le plastique brillait et scintillait dans la brise, les clochettes tintaient. Mon oncle me demanda si je voulais effrayer ces petites merdes ou bien leur souhaiter la bienvenue.

La nuit, je restais éveillé à penser au Fossoyeur, un nom que je connaissais depuis l'enfance, ainsi que les autres sobriquets de l'animal. La tuerie dont il s'était rendu coupable avait inspiré une chanson aux écoliers :

Voici qu'il arrive
l'Ottayan, le Croquemort
a envoyé son maître
chez son Créateur

Qu'avait donc fait ce maître, m'étonnais-je, pour nourrir chez son éléphant une telle passion de la mort ?

Les jours suivants, le Fossoyeur détruisit un autre *palli* et prit une autre âme. Ce *palli* appartenait à une ferme assez proche ; ses murs furent réduits en petit bois. L'homme installé dedans s'échappa et nous raconta ensuite une histoire à peine croyable :

J'étais allongé sur le flanc près du feu, perdu dans un rêve éveillé, quand j'ai entendu un reniflement si doux à côté de mon oreille que j'ai cru que c'était ma femme, même si, pour dire les choses comme elles sont, elle préférerait péter à l'église plutôt que de me manifester la moindre affection. Je me retourne donc et me retrouve face au gros tuyau du Fossoyeur ! Sans réfléchir, j'arme mon bras et balance un grand coup de poing dessus – paf ! –, pile dans les narines. Il ne s'attend bien sûr pas à un acte aussi héroïque, alors il écarte sa trompe et me laisse juste le temps de sauter à terre et de partir en courant.

Personne, en revanche, ne put interroger la femme de Kuruva. Elle portait du bois de chauffe sur son dos et contournait la forêt quand le Fossoyeur la trouva. Des dizaines de femmes faisaient la même chose pour entretenir le feu de leur brasero, chacune convaincue qu'elle ne croiserait jamais le chemin de l'assassin. Toute une matinée s'écoula avant qu'un camion ralentisse et que le chauffeur remarque la petite bosse d'un pied dépassant d'un tas de fagots. Comme dans le cas de mon cousin, le Fossoyeur avait procédé à son propre enterrement privé.

Ainsi, l'Office des forêts nous donna un conseil qui tombait sous le sens : rester chez nous après la tombée de la nuit. Ce conseil faisait du Fossoyeur un voyou, mais on n'allait pas jusqu'à donner l'ordre de l'abattre. Pas avant qu'il ne tue encore quelques-uns des nôtres.

Entre-temps, je restais dans les champs de Synthétique Achan. Je me réveillais à six heures du matin, bien avant que les ouvriers descendent de la Jeep. C'était une bande de costauds plutôt tire-au-flanc qui réclamaient un dé ou deux d'Old Cask en guise de petit déjeuner. Quand ils coupaient, je coupais, et quand ils transportaient des monceaux de tiges sur leur tête, je les imitais.

Le soir, je m'attardais dans les champs de mon oncle. Derrière sa maison, je regardais le ciel rose orangé, les chèvres parmi les balsas en fleurs et les montagnes au-delà, dont les profondeurs dissimulaient le Fossoyeur.

Les perruches interrompaient bientôt ma rêverie idyllique, volant triomphalement au-dessus de mon plastique ramolli. Leur nuée verte et frémissante descendait en piqué pour rogner mes colifichets avant de s'enfuir à tire-d'aile. Ma seule défense consistait à hurler en abattant une cuillère contre une poêle en fer, mais les jolies voleuses avaient déjà rejoint les arbres, d'où elles picoreraient le riz comme les corbeaux se repaissent des yeux d'un mort.

Les perruches étaient d'un calme inhabituel lorsque Synthétique Achan s'arrêta près de moi.

« Ton petit ruban ne marche pas.

– Y a pas assez de vent.

– Je me fiche de ces oiseaux, dit-il. J'ai un plus gros problème. »

Je lui lançai un coup d'œil et me demandai quand ses cheveux avaient blanchi aux tempes.

« Devine qui est venu me présenter ses hommages, dit-il. L'Office des forêts.

– Quand ?

– Il y a quelques jours. Ils ont déclaré qu'ils me donneraient dix mille roupies en dédommagement, à condition que je remplisse un formulaire. "Une demande de compensation", ils appellent ça. Les porcs. Je leur ai répondu : *Et j'en ferais quoi ? J'achèterais un autre fils ?* J'ai alors eu une idée. »

Il se tourna vers moi.

« Je pourrais donner cet argent à toi et Jayan.

– Vous ne nous devez rien.

– Je sais. C'est toi qui me dois quelque chose.»

Cela annoncé d'une voix calme et froide. Comme sa main pesait sur mon épaule !

«Vous voulez qu'on tue le Fossoyeur ?

– Plus fort, mon garçon. Les dos-verts ne t'ont pas bien entendu.»

Je secouai la tête.

«Jayan refusera. Il ne veut pas retourner en prison.

– Écoute un peu. Ton frère a commis l'erreur de travailler avec un escroc de bas étage. Cette fois, nous sommes tous du côté de Jayan, nous les paysans. Personne ne lui fera le moindre reproche ni ne le dénoncera à la police.»

J'eus du mal à imaginer cette seconde famille composée de paysans – où donc étaient-ils passés ces quatre dernières années ? «Tous les gens que nous connaissons désirent la sécurité pour nos champs, nos récoltes, nos enfants...»

Ne suis-je pas votre enfant ? voulus-je lui demander. Mais la seule mention des enfants lui avait coupé la voix. Il se détourna et se frotta plusieurs fois le nez comme pour se trouver une occupation.

«S'ils accusent ton frère, toi ou n'importe qui d'autre, j'avouerai tout. Je me présenterai au procès, je dirai que tout est de ma faute, je le jure. Aucune différence entre vivre ici et vivre en cage.» Il marqua une pause, puis ajouta doucement : «Pas pour moi.»

Il ne m'avait jamais paru si âgé, et pourtant sur ses traits ravagés je distinguai comme un écho de mon cousin.

«Il t'écoute, Manu.»

Je restai là, silencieux ; quel choix avais-je ? Je repense au jeune homme que j'étais alors et je vois un garçon impuissant devant la seule personne qu'il avait toujours désiré appeler son père.

J'essayai d'en parler à mon frère, mais je ne parvenais pas à être seul avec lui à cause de son épouse toujours présente. Leela n'avait aucune confiance en Jayan et restait sans cesse à ses côtés, de peur qu'il ne reprenne ses anciennes habitudes. C'était une gardienne ravissante, mais une gardienne malgré tout.

Je réussis enfin à le trouver seul dans la cour. Il ratissait un gros tas de récolte, qu'il soulevait et secouait ensuite avec une fourche, tout en transpirant sang et eau. Les tiges sècheraient en deux jours, puis il conduirait l'attelage et la charrue autour du tas pour battre le riz et en libérer les grains.

Tout ce que je désirais, c'était qu'il s'arrête pour qu'on puisse discuter, mais Jayan parlait sans discontinuer comme pour éviter que cela n'arrive. Ce jour-là, son sujet de prédilection était le motoculteur :

« Kunjappen prétend que le motoculteur abat en trente minutes le même boulot que la charrue durant des heures.

– On s'est servi de ce machin l'an dernier. Davantage d'insectes dans ce riz que de vermine sur un chien errant.

– Quel rapport avec le motoculteur ? »

Et nous voilà à pinailler sur les avantages et les inconvénients du motoculteur jusqu'à ce que j'explose :

« J'ai parlé à Synthétique Achan.

– Alors maintenant, il parle ? »

J'exposai la proposition de notre oncle. Jayan écouta en silence, poignardant les tiges plus qu'il ne les secouait.

« Il offre combien ? demanda-t-il enfin.

– Au moins dix mille.

– Et il veut que je m'en occupe.

– Pas toi, répondis-je aussitôt. On a pensé que tu connaîtrais quelqu'un pour ce boulot.

– Quelqu'un désireux d'aller en prison ? Ça ne se trouve pas sous le sabot d'un cheval.

– Personne n'irait en prison. L'oncle l'a juré.

– Qui l'a nommé Premier ministre ?

– Il s'est occupé de nous pendant ton absence.

– Et pour cela je le remercie. Mais pas en sacrifiant le restant de mon existence.»

Une réponse raisonnable, je le reconnais. Jayan désirait juste gagner sa vie honnêtement, avec dignité et au grand jour. Quant à moi, je voulais en finir avec ma culpabilité.

Comme s'il devinait mes pensées, Jayan ajouta:

«Raghu est mort. Si tu avais été avec lui cette nuit-là, toi aussi tu serais mort.

– Tu n'en sais rien.

– Je le sais très bien. Tu cours aussi vite qu'une vieille bique.»

Il fit semblant de m'imiter et fut le seul à rire.

«Alors, je dis quoi à Synthétique Achan?

– Dis-lui que tu as maintenant d'autres priorités.»

Un sourire apparut sur ses lèvres. «Dis-lui que tu seras bientôt oncle toi-même.»

C'est difficile à croire, mais je n'avais pas remarqué que Leela était enceinte de cinq mois. J'avais bien vu qu'elle se rembourrait par endroits, mais pour en conclure seulement que, comme de nombreuses jeunes épouses, elle s'arrondissait à la taille et par derrière, troquant ses jupes étroites pour des robes d'intérieur.

Après que Jayan eut révélé son secret, je ne vis plus que cela. Même si Leela arborait à peine une petite protubérance sous sa robe, il me sembla soudain que ses attributs sexuels grossissaient d'heure en heure. Deux fois elle surprit mon regard indécent, puis elle prit l'habitude d'étendre une serviette sur sa poitrine dès que j'approchais avec un verre de lait chaud, un œuf dur ou tout ce que ma mère m'avait demandé de lui apporter. Désireux d'offrir une existence correcte à leur enfant, Jayan travaillait d'arrache-pied, buvait beaucoup moins, et il emmena même Leela au temple pour une cérémonie de bénédiction du bébé. Il s'acquit mon aide afin de creuser une tranchée autour de la cabane où nous gardions sous clef notre récolte de riz. D'autres paysans avaient évoqué des raids d'éléphants sur les leurs, une seule bête pouvant renifler puis avaler le produit d'une année entière de travail. Jayan embaucha quelques ouvriers pour l'aider à renforcer les murs avec des poutres et à creuser des fossés. Nous installâmes des planches par-dessus pour les traverser.

Ma mère émit toute une litanie de plaintes à cause de ces planches, mais mon frère jugea que c'était l'unique solution. Qu'aurait-elle pu lui demander d'autre, planter une haie d'arbustes amers comme Kunjappen l'avait fait autour de sa propre cabane? Un éléphant mâle avait bravé leur goût, puis souffert de vertiges et bousculé murs et buissons.

À propos d'effluves, je suppose que les toilettes ne constituent pas un sujet propice à un discours noble, mais laissez-moi poursuivre car, comme vous le verrez, ces installations et leur emplacement peuvent modifier le cours de nos existences.

Quand Jayan était en prison, Synthétique Achan entreprit des rénovations dans sa maison et nous offrit d'en effectuer certaines chez nous, en partie par générosité, mais aussi parce qu'il avait honte de voir la famille de son propre frère vivre encore sous un toit de paille. Ma mère fit installer une cuisinière à gaz, qu'elle n'utilisait jamais, à moins que des invités ne soient présents dans la maison; elle préférait de loin les émanations enfumées du poêle à bois. Elle échangea la paille de son toit contre des tuiles. Je regrettais les tiges fraîches brillant sous le soleil, mais je me félicitais de ne plus les voir virer à un gris terne au fil des mois, jusqu'à ce qu'il faille hisser de nouvelles bottes sur les poutres de la charpente.

Le seul aménagement moderne que ma mère rejeta furent des cabinets dans la maison.

« Mais plus personne n'a des toilettes extérieures, argumentai-je. Les nôtres ne sont vraiment pas pratiques.

– Quoi, rétorqua-t-elle, faire dix pas dehors pour tes petites affaires ? »

Ni Leela ni moi ne pûmes convaincre ma mère. Elle refusa catégoriquement d'endurer les bruits, les odeurs et la saleté des toilettes se répandant dans son logis.

Maintenant que Leela était enceinte, ma mère regrettait son choix. Elle n'avait pas envisagé les contraintes de la grossesse, dont celle obligeant la future maman à se déplacer toutes les dix minutes pour se soulager. Au milieu de la nuit, Leela se glissait dehors sans allumer la lumière. Entre les notes sonores des ronflements de Jayan, je tendais l'oreille pour écouter ses pas et m'assurer qu'elle n'était pas tombée.

L'une de ces nuits, les pas de Leela s'étant éloignés, je m'endormis jusqu'à ce que le chuintement de la pluie me réveille.

J'allai jeter un coup d'œil dans la chambre de mon frère. Le côté du matelas occupé d'habitude par Leela était vide. Je secouai Jayan jusqu'à ce qu'il se retourne dans le lit et découvre que son épouse n'y était plus, sa mine renfrognée faisant aussitôt place à une expression d'inquiétude.

Sans réveiller notre mère, nous nous précipitâmes sous la bruine. Il me fallut suivre la corde à linge tendue entre notre porte de derrière et les WC extérieurs, qui nous empêchait de nous perdre par les nuits sans lune. La porte des toilettes était entrouverte. Il n'y avait personne à l'intérieur.

« Manu », dit-il en regardant le bananier fendu en deux, toutes ses feuilles chues à terre, et notre arbre du voyageur privé de deux de ses énormes palmes. Je m'agenouillai près d'une trace arrondie dans la terre, mes yeux sautant vers la suivante, puis la suivante, jusqu'à ce qu'elles disparaissent soudain, comme si l'éléphant s'était envolé.

D'une voix rauque, mon frère cria le nom de Leela. Ma mère sortit bientôt de la maison en courant et en agitant une lampe torche. Nous cherchâmes, encore et encore. Le ciel était sombre et tourmenté, les arbres malmenés par le vent. Un grand calme s'empara de moi. J'appelai son nom comme si elle était tout près, ni blessée, ni écrasée, ni prisonnière des branches d'un arbre. Je regardai partout, mais tout ce que je vis, ce fut le *palli* de Raghu en miettes sous mes yeux. Ma mère nous cria de la rejoindre près de la tranchée qui entourait la cabane à riz. Elle était agenouillée au bord.

Leela gisait sur le dos, sa chemise de nuit entortillée autour de ses jambes souillées. Le faisceau de la lampe éclaira son visage, mais elle restait immobile, jolie comme une poupée sale dans la tranchée que nous avions creusée aussi profonde qu'une tombe.

Imaginez-la par cette nuit sans lune. Elle vient de faire ses besoins lorsqu'elle entend du bois éclater. La terreur monte doucement le long de son dos. Elle se relève lentement sur des genoux tremblants et, l'espace d'un instant, rien ne bouge. Elle se force à ouvrir le loquet rouillé puis à sortir des toilettes.

Il attend là, tel un amoureux venu voir sa belle.

Le Fossoyeur hoche la tête, la trompe relevée, et laisse l'air quitter ses poumons. Des gouttes de pluie glissent sur le cou nu de la jeune femme, mais elle ne sent rien. La bête halète-t-elle ? Est-ce une vision ? Leela a l'impression d'être lointaine, un fantôme parmi les vivants. Son cœur palpite au fond de sa gorge, lui rappelant ce qu'elle est : chair et moelle, salive et vigueur. Une future mère.

Comme elle court !

Le sang résonne plus fort dans ses oreilles que les pas du Fossoyeur, mais la foulée de l'éléphant est longue, irrépressible. Ils sont deux animaux pris dans la danse immémoriale du chasseur et de la proie, et une infime partie d'elle-même envisage une fin possible – sa propre mort – alors que la terre la dévore.

L'ÉLÉPHANT

Les flammes de minuscules lampes tremblaient le long de la route du temple. Le Fossoyeur humait l'huile brûlante, le maïs frotté de piment, les glaces et les cacahuètes, le plastique des jouets gonflables, les pétales de fleurs, les œillets d'Inde et l'eau de rose, toutes ces odeurs changeantes, ondoyantes, et, derrière elles, la lourde tourbe des humains.

Le Fossoyeur ignorait tout de la saison festive, des défilés, des bénédictions et des files d'attente. Sept mois plus tôt, au Sanctuaire, il avait eu la visite d'un homme qui lui avait donné une poignée de caramels. Explorant les poches de cet humain, le Fossoyeur en trouva davantage. Le Vieux parlait durement, mais l'homme aux bonbons riait et écartait les bras, ses phalanges caressaient le dessous de la trompe du Fossoyeur. Il avait de petits yeux, profondément enfoncés dans leurs orbites, comme des graines.

Ainsi, un jour, le Fossoyeur fouillait dans les poches de l'homme aux bonbons ; le lendemain, prisonnier sur le plateau d'un camion, il brinquebalait sur la route vers un nouveau foyer. Les changements brusques déplaisaient au Fossoyeur. Il tremblait encore au seul souvenir du jour où il avait quitté la forêt en camion pour aller au Sanctuaire, quand la vie s'était rétrécie aux dimensions d'une caverne obscure, où partout il butait contre un mur. Alors comme à présent, il ne saisissait pas grand-chose à sa situation. Un seul réconfort le soutenait : le Vieux l'avait accompagné.

Le Fossoyeur ne comprenait pas qu'il avait été acheté par l'homme aux bonbons, qu'on connaissait sous le nom d'Éléphant Sabu. En plus du Fossoyeur, Éléphant Sabu possédait sept éléphants, et il en louait six à l'industrie forestière. Le doux Parthasarathi les rejoignait souvent au camp, où il avait joui d'un moment de gloire après avoir sauvé une vie. D'après ce qu'on racontait, il était resté cinq bonnes minutes immobile au bord d'un fossé, un tronc d'arbre serré dans la trompe, refusant de l'y laisser rouler. Lorsque les ouvriers forestiers regardèrent au fond du fossé, ils y découvrirent un chien endormi, lové sur lui-même tel un escargot.

Maintenant Parthasarathi se faisait vieux, sa vision était brumeuse et ses pattes fragiles, une bosse rose grossissait sur sa tempe comme le nœud d'un arbre kindal. Le Fossoyeur et lui furent choisis pour travailler pendant les fêtes.

L'épouse d'Éléphant Sabu fut atterrée par le prix du Fossoyeur. Trente-huit lakhs ? Avec cette somme, ils auraient pu acheter un terrain, comme son père l'avait suggéré, plus une voiture. Mais Éléphant Sabu croyait que le physique presque parfait de cet animal rapporterait en temps voulu assez d'argent pour s'offrir maintes voitures.

Après tout, cet éléphant possédait jusqu'au dernier des douze traits de bon augure :

1. Une grosse bosse entre les yeux
2. Une tête bien droite
3. Deux grandes oreilles pouvant se toucher au-dessus de la trompe
4. La forme des défenses : incurvées vers le haut et l'extérieur, de couleur blanchâtre
5. Une belle courbe au sommet de la tête
6. De grands yeux couleur miel
7. Une trompe qui descend jusqu'à terre et s'incurve
8. Plus de trois mètres de haut à l'épaule
9. De grosses pattes musclées
10. Un long corps avec un arrière-train arrondi
11. Le bout de la queue semblable à un pinceau, touchant la cheville
12. Des ongles blanchâtres, 4 sur chaque patte avant, 5 sur chaque patte arrière = 18 au total
= nombre favorable

Éléphant Sabu était une encyclopédie vivante en matière de pachydermes. Mais tout cela assommait son épouse, qui ne le laissa même pas énumérer la liste jusqu'au cinquième trait avant de lui dire où il pouvait se coller les autres.

Dans un bosquet éloigné du vacarme de la fête, le Fossoyeur mangeait son *panna*, apaisé par le bain et les mâchonnements paresseux de Parthasarathi. Ils restaient l'un près de l'autre le plus clair du temps, immobiles durant une puja ou endormis dans leurs stalles adjacentes. Ils se baignaient ensemble. Ils buvaient ensemble. Ils somnolaient côte à côte. Lorsque le Fossoyeur se mit à agiter la tête pour des raisons aussi sombres que nébuleuses, Parthasarathi gronda à une fréquence seulement audible par son compagnon. Celui-ci se concentra sur ce grondement et toute la cacophonie du monde environnant disparut.

Le Fossoyeur trouvait un réconfort similaire dans le musc du Vieux, qui restait assis sur un muret, les bras enserrant ses genoux, attentif comme toujours.

Quand les seize éléphants furent baignés et bénis, la puja commença.

Tour à tour, les prêtres nourrirent le Fossoyeur avec des boules de riz et de sucre brun, saupoudrées de curcuma. Le dernier de la queue, un enfant prêtre, leva timidement un morceau de sucre brun vers la bouche du Fossoyeur. Mâchant toujours, celui-ci saisit le morceau de sucre et le garda au creux de sa trompe. Stupéfait, l'enfant recula.

Les femmes entonnèrent de stridents chants d'oiseau, soutenues par les roulements des tambours. Elles levèrent leurs mains incurvées, leurs murmures se répondant. Le Fossoyeur sentit une pression dans sa tête, qui refluait seulement lorsque le bâton reposait contre sa trompe. Ce bâton servait de pense-bête : *Debout et obéis.*

La foule l'entourait, se séparait à son passage, chaque visage semblable au suivant, tels des galets de rivière sans traits distinctifs. Quelqu'un tira trois fois, brièvement, sur une de ses défenses ; il s'agenouilla pour permettre au grand prêtre de monter sur sa patte avant, tandis qu'un autre homme escaladait son flanc ; puis on déroula sur son front le tissu décoratif en une cascade de broderies roses et de cuivre chaud, et ses pattes furent enserrées dans des bracelets bigarrés ; enfin, on hissa sur son dos le lourd *thidambu* doré. On le guida ensuite vers les quinze autres éléphants qui l'attendaient en contrebas, sur le terre-plein poussiéreux qu'il leur faudrait traverser à pas mesurés.

Les tambours l'assourdissaient, mais ce n'était rien en comparaison des fusées si bruyantes qu'elles vous transperçaient le cœur et vrillaient le corps telle une explosion, comme celle qui avait interrompu le souffle de sa mère. La fumée enveloppait les arbres derrière le temple. Il pensa au métal et à la poudre, au soleil et à l'ombre, tout cela palpitant sous son crâne. Qu'elle était ouverte, cette étendue de terre, aussi nue que le haut-pays où sa mère était tombée morte ! Qu'elle était dense, cette forêt de centaines de gens rassemblés de l'autre côté !

L'un d'eux était un petit garçon qui essayait de se cacher derrière sa mère. Elle le contraignit à quitter ses jupes en disant : « Regarde le grand, regarde ! » Mais le garçon n'avait aucune envie de lever les yeux vers Sooryamangalam Sreeganeshan. Il avait bien assez vu cette bête, qui hantait ses rêves depuis que les affiches de la fête avaient envahi la ville. Les défenses de l'éléphant semblaient jaillir hors du papier, aussi longues et incurvées que les moustaches des méchants, et, flottant au-dessus de sa tête creusée d'un sillon, il y avait une bulle qui disait comme une menace :

J'ARRIVE

La cinéaste

De retour du mariage, Teddy s'assit au pied de mon lit, à l'endroit où Ravi se tenait cinq heures plus tôt. Sa main gauche était couverte d'un tatouage compliqué, efféminé, au henné.

«Sanjay m'a dit que tous les types faisaient ça, comme si c'était une espèce de tradition. Je trouve que c'est plus un truc de fille.

– Pourquoi n'as-tu pas interrogé la tatoueuse ?

– Je n'étais pas sûr qu'elle parlait anglais.»

Sans sa caméra, Teddy était parfois d'une timidité confondante avec les autochtones. Il renifla sa main en grimaçant.

«Tu t'es bien amusé, alors, dis-je.

– Je regrette de ne pas être resté ici.»

J'étais échevelée et fatiguée, mais mes nausées avaient disparu. Je rassurai Teddy : les *unni appams* avaient quitté mon organisme depuis belle lurette, Ravi s'était bien occupé de moi.

«Ravi, dit-il sur le ton d'un extrême scepticisme. Vraiment?

– Sanjay a-t-il fait son entrée à cheval?

– Non, sur un éléphant. Il en chiait presque dans son froc.»

Alors que Teddy décrivait la scène, mon téléphone sonna pour la troisième fois de la matinée. Je le mis aussitôt en mode silencieux. Ravi m'avait déjà laissé deux messages pour m'inviter à faire un tour en voiture avec lui, avant que Teddy revienne. J'avais refusé malgré mon envie, inquiète qu'on nous voie tous deux en balade dans la réserve de Kavanar et que cela éveille des soupçons.

«Pourquoi tu réponds pas? demanda Teddy.

– Oh, c'est sans doute du démarchage.

– C'est Ravi.»

Teddy montra le nom qui s'affichait en vert en haut de mon écran.

Je feignis la surprise et répondis.

Ravi fut cassant, pragmatique.

«J'ai parlé à la directrice territoriale, Samina Hakim. Vous pouvez l'interviewer. Elle a aussi suggéré que vous rencontriez deux de ses agents. Ils peuvent nous faire visiter Kavanar.

– Quand?

– Lundi. Dans une semaine.

– D'accord, super. J'en parle à Teddy.

– Autre chose: j'arrive ce soir.

– Heu. Très bien.

– Et il n'est pas convié.»

Ravi raccrocha avant que je puisse répondre.

Je rapportai presque toute la conversation à Teddy, qui semblait renfrogné.

«Tu l'évites, ou quoi?

– Ravi ? Non, pourquoi ?

– Il s'est montré plutôt sec avec toi, d'après ce que j'ai pu entendre.

– Non... »

Confrontée au regard interrogateur de Teddy, une expression du cours de cinéma me revint soudain en mémoire : *cercles de confusion.* C'était un terme technique fort poétique définissant la zone d'un plan qui serait nette, ou, comme disait le manuel, « d'une netteté acceptable ». Car il n'y avait pas d'objectif parfait ; l'image n'était jamais parfaitement nette, simplement acceptable pour l'œil humain.

« Arrête de me regarder comme ça, dis-je.

– Comme quoi ? »

Règle numéro un, avait dit notre professeur. *Pour les plans rapprochés, faites la mise au point sur les yeux du sujet.*

« Comme si tu me filmais. »

Il eut un sourire forcé et me serra doucement le genou, y laissant sa main couverte de henné un peu plus longtemps que nécessaire.

Lundi, comme promis, Ravi nous emmena aux bureaux de l'Office des forêts, devant lesquels un flamboyant montait la garde. Cet arbre semblait tout droit sorti du folklore indien, avec ses fleurs monstrueuses, son tronc tout tordu, ses racines sinueuses qui se faufilaient jusqu'aux marches où nous nous tenions.

Teddy filma depuis les fleurs jusqu'au bâtiment, et retour vers les fleurs. J'enregistrai des bruits de rue. Je lançai quelques coups d'œil à Ravi, qui fumait au bord du trottoir, l'air absent, le regard fixé droit devant lui. Dès qu'il s'en rendit compte, il m'adressa un bref sourire complice.

Nous étions passés maîtres dans l'art de la dissimulation. Au Centre, il y avait un cottage réservé aux invités, où les murs étaient en bambou tressé, le lit moelleux, les volets fermés. Il y régnait une étrange atmosphère pastorale, contredite par le boxer à pois étalé par terre et par le gratte-langue au bord du lavabo. (Je trouvais bizarre et touchant qu'il apporte son gratte-langue pour nos nuits clandestines. «Tu ne te nettoies pas la langue?» s'était-il étonné, légèrement choqué.) Il faisait frais chaque fois que j'y entrais, l'air vibrait d'attente et de désir, une sensation que je rapportais dans ma chambre avant l'aube. Ces nuits-là, je ne voyais jamais Teddy, ce qui me poussa à en conclure, avec un détachement délicieux, qu'il ne m'avait jamais aperçue.

Une fois les extérieurs filmés, nous retrouvâmes Ravi au bas des marches.

«On y va?» proposa-t-il en écrasant sa cigarette sous sa chaussure.

Teddy se renfrogna.

«Où ça?

– Chez Samina Madame, répondit Ravi.

– Elle parle anglais, n'est-ce pas? Nous n'avons pas besoin d'interprète.»

Teddy se tourna vers moi. «Mieux vaut avoir un peu d'intimité pendant ces interviews. Moins il y a de public, mieux c'est.»

Ravi sourit comme si nous étions ridicules. «Je connais très bien Samina Madame. Qu'y a-t-il de si intime qu'elle ne puisse me dire?»

Un léger agacement filtrait dans sa voix. Il me regarda, tout comme Teddy, attendant mon verdict.

«J'ai votre numéro, dis-je à Ravi. Vous pourriez manger un bout et revenir ensuite?

– Manger un bout, répéta Ravi.

– Un sandwich ou quelque chose...

– Je vois ce que vous voulez dire», répondit-il en s'éloignant déjà.

Avant que Teddy se mette à gamberger sur la colère soudaine de Ravi, je montai les marches.

À l'intérieur, un vieil homme en uniforme était assis à un bureau, derrière des stalagmites de cartes de pointage et de dossiers. Il semblait insensible à ces monceaux de paperasse, ou bien à moitié aveugle, car son œil droit était voilé de blanc. Il fixa sur nous le regard grave de son œil valide lorsque nous nous présentâmes, puis il nous accompagna dans le couloir, passant devant une porte ouverte qui arborait l'énigmatique pancarte : RADIO. La pièce était vide, hormis une chaise où s'alignaient quatre téléphones portables, tous branchés sur un unique chargeur.

Après un angle, nous entrâmes dans un bureau où Samina Hakim se tamponnait vivement la bouche avec une serviette en papier pour en ôter l'excédent de rouge à lèvres. Elle leva le regard et sourit. Les traits de son large visage avaient la joliesse de ceux d'une poupée – la bouche en cœur, de grands yeux. Elle nous serra la main, s'arrêtant brièvement sur le henné décorant celle de Teddy, puis son sourire revint.

Mme Hakim déclara d'emblée disposer de peu de temps et nous demanda de commencer sans plus attendre. Teddy installa la caméra pendant que je bavardais à bâtons rompus avec cette femme qui semblait heureuse de se livrer à ce badinage décontracté. Entre autres choses, nous évoquâmes l'excellence du café de l'Inde du Sud.

« En Amérique, acquiesça-t-elle, le café n'est tout bonnement pas du café. Quand on demande un café, on vous répond : "Quelle taille ?" Et quand on demande du lait, c'est : "Écrémé ou non écrémé ?" Ici, le café est du café.

– Un café magnifique », confirmai-je en fixant un micro-cravate dans l'éventail des plis qui ornaient sa poitrine.

Elle examina d'un air méfiant l'objet aussi petit qu'une mouche.

« Comme ça, je peux me concentrer sur vous, expliquai-je, au lieu de vous tenir un micro sous le nez.

– Je vois. Pas de problème. »

Après vérification des niveaux sonores, je demandai à Mme Hakim si elle voulait bien commencer. Elle se redressa, les épaules en arrière, puis croisa les mains sur le bureau comme une présentatrice télé, toute chaleur désormais remplacée par une politesse guindée.

TRANSCRIPTION DE L'INTERVIEW
AVEC SAMINA HAKIM,
DIRECTRICE TERRITORIALE

SAMINA HAKIM : Je suis Samina Hakim, directrice territoriale pour la région de Kavanar. Nous travaillons en étroite collaboration avec le Centre de sauvetage et de réhabilitation de la faune, créé en association avec l'Office des forêts du Kerala.

En un clin d'œil, sa personnalité était devenue celle d'un automate. Elle résuma le travail de son père comme garde forestier, sa brève expérience professionnelle d'ingénieur en informatique au Techno Park, sa rapide ascension qui l'avait amenée à être la première femme directrice territoriale d'Inde, après quoi elle s'adossa à sa chaise, comme si elle venait de finir son repas et qu'elle attendait l'addition.

Sa brusquerie me surprit et, cherchant désespérément quelque chose à dire, je trouvai un cliché :

EMMA : Votre père doit être très fier.

Samina s'attendait à tout sauf à ça. Suivit un long silence.

SAMINA HAKIM : Mon père n'est plus de ce monde. Il a été tué par arme à feu en 1992, lors d'un affrontement avec des braconniers.

EMMA : Oh, désolée… C'est l'année où vous avez posé votre candidature ?

SAMINA HAKIM : Oui. (*Silence.*) Il s'agit d'un film sur le Centre de sauvetage, non ?

EMMA : Oui, mais nous nous intéressons aussi aux gens qui sont en contact avec le Centre. Bien sûr, vous n'êtes pas obligée d'accepter des sujets qui vous sembleraient déplacés. Je trouve simplement votre carrière passionnante, surtout en tant que femme abordant un territoire qui lui est peu familier.

SAMINA HAKIM : Ce territoire me convient très bien.

EMMA : Oui, il semble que le braconnage ait beaucoup diminué depuis que vous êtes en poste. Comment y êtes-vous parvenue ?

SAMINA HAKIM : Nous avons augmenté le nombre des cas enregistrés, nous avons mis en œuvre des stratégies de protection et organisé des camps antibraconnage.

EMMA : J'ai entendu des gens déclarer que vous étiez beaucoup plus efficace que votre prédécesseur… Un certain P. K. Kurian ?

SAMINA HAKIM : Je ne ferai aucun commentaire. Simplement, j'ai fait de la vie sauvage et de sa conservation ma priorité.

EMMA : M. Kurian avait-il d'autres priorités ?

SAMINA HAKIM : Non, non, je ne dirais pas cela. Je préfère me concentrer sur les choses positives. Ainsi, par exemple, nous avons réalisé de grands progrès pour protéger les zones forestières contre les dommages liés à l'habitat. Nous impliquons les communautés locales en les formant à des méthodes d'exploitation durable de produits forestiers autres que le bois, comme le miel et la cardamome, et, ainsi, nous faisons de la protection de la forêt une priorité pour tous.

EMMA : Je vois.

SAMINA HAKIM : D'autres questions ? J'ai peu de temps aujourd'hui.

EMMA : Bien sûr, je comprends...

(Un long silence.)

Pour changer de sujet... J'ai lu un article sur une affaire concernant la société d'exploitation forestière Shankar Timber.

SAMINA HAKIM : ...

EMMA : Un certain nombre de villageois ont protesté contre la décision de l'Office des forêts autorisant une entreprise forestière à abattre des arbres sur des terres qu'ils considéraient comme...

SAMINA HAKIM : Où avez-vous lu ça ?

EMMA : Je ne me souviens pas très bien.

SAMINA HAKIM : Vous savez quoi ? Ces villageois sont mécontents de voir leur échapper les profits qu'on peut tirer du bois. Ils veulent avoir l'autorisation d'en faire autant. L'Office des forêts ne peut accepter une exploitation non régulée et la dégradation de la forêt qui s'ensuivrait. Nous donnons seulement notre feu vert après avoir examiné de près si l'entreprise œuvre pour le bien commun.

EMMA : A-t-on consulté les villageois à ce sujet ? Les a-t-on même prévenus ?

SAMINA HAKIM : Non.

EMMA : N'est-ce pas contraire à vos principes de conservation, comme l'implication des communautés locales... ?

SAMINA HAKIM : J'ai suffisamment répondu à vos questions. Cet entretien est terminé.

EMMA : Aimeriez-vous ajouter quelque chose ?

SAMINA HAKIM : C'est fini. Coupez la caméra, s'il vous plaît.

Tandis que nous quittions le bâtiment, Teddy me bombarda de questions pour savoir où j'avais obtenu ces informations sur Shankar Timber. Je lui répondis que je lui expliquerais plus tard, car Ravi nous attendait près de la voiture.

Je n'avais pas prévu d'évoquer l'affaire Shankar Timber, mais au fil de l'interview, tandis que les réponses de Samina Hakim ressemblaient de plus en plus à de la langue de bois, j'avais compris qu'il n'y avait pas d'autre manière de la déstabiliser. Seulement ce sujet. Et puis je jouais franc jeu ; après tout, les médias avaient déjà évoqué ce scandale. Je ne l'avais pas surprise chez elle au saut du lit. Elle savait forcément que je pourrais lui poser quelques questions gênantes.

Pourtant, à en juger par sa réaction – elle avait serré les mains à s'en faire blanchir les phalanges –, il était clair qu'elle n'avait pas prévu le tour pris par l'interview.

Je n'avais pas davantage réfléchi à l'impact de mes questions sur Ravi et sur son opinion à mon égard. Il me paraissait normal de le tenir à l'écart, du moins pour l'instant.

Une heure plus tard, Ravi, Teddy et moi marchions dans la réserve naturelle de Kavanar derrière l'agent Soman et l'agent Vasu. Teddy prenait le son et je filmais tandis que nous avancions à travers la végétation ondoyante tout autour de nous. Le plaisir d'être derrière la caméra, hyperattentive à l'environnement et néanmoins détachée, m'avait manqué. Il y avait tant de choses à saisir : les explosions blanches et écumeuses de l'« herbe communiste », ainsi nommée, expliqua Ravi, à cause de sa tendance à se propager partout ; les macaques piaillant dans les branches supérieures des tecks, les bouquets d'orchidées d'un blanc soyeux jaillissant des branches d'arbres dont les racines se dispersaient au sol comme des coulées de lave pétrifiées ; une procession de fourmis rouges traversant un tas de bouse de buffle.

Et puis il y avait les agents Vasu et Soman, tous deux étrangement affligés des traits bulbeux de nains de jardin. J'accordai davantage d'attention à l'agent Vasu, pour la simple raison qu'il semblait le plus amical des deux. Ravi me servant d'interprète, je lui parlai du fusil gigantesque qu'il portait en bandoulière, lui demandant s'il l'avait souvent utilisé contre les braconniers. L'agent Vasu accueillit chaque question avec un sourire timide et en haussant ses sourcils presque inexistants.

« Une fois ou deux, me répondit-il. Mais pas directement contre un braconnier.

– Pourquoi donc ?

– Si nous tuons quelqu'un, les médias s'en mêlent, puis la commission des Droits de l'homme. Nous risquons de perdre notre emploi. Nous sommes soumis à de nombreuses contraintes. »

Sans évoquer davantage ces contraintes, l'agent Vasu se remit en route. Je remarquai ses lacets de chaussures noués n'importe comment, passés à travers les œillets au petit bonheur la chance et entourant trois fois chaque cheville pour éviter qu'ils ne traînent par terre. Comment un contrebandier pourrait-il redouter un type aux croquenots démesurés et aux sourcils rabougris ?

Un peu plus loin, l'agent Soman montra un bambou incliné en piteux état, aussi gros qu'un os d'éléphant, vieux de trente ans et qui ne tarderait pas à pourrir.

« Les éléphants aiment le bambou, dit Ravi. Dès qu'ils en manquent, ils sont attirés vers les fermes. Et comme l'Office des forêts n'en replante pas, alors... »

Il s'ensuivit une volée de bois vert de part et d'autre, un échange si acrimonieux que nous pûmes seulement le filmer et demander ensuite une traduction :

SOMAN : Tout le monde s'en prend à l'Office des forêts.

RAVI : Je ne lui reproche pas...

SOMAN : Vous savez aussi bien que moi que ce genre de décision peut seulement venir de Trivandrum.

RAVI : J'exprime ma seule opinion. Les paysans sont du même avis que moi pour le bambou.

SOMAN : Ah ! Des vrais petits génies, ces gens-là ! Ils disent aussi que nous devrions construire une grande muraille de Chine autour de la réserve. C'est quoi, ça ? Un zoo ?

VASU : Calme-toi, Soman. Ils filment.

SOMAN : Ils se fichent de ce qu'on dit. Nous ne serons pas dans leur film.

VASU : Et pourquoi pas ?

SOMAN : Les gens comme eux ne font pas des films sur des gens comme nous.

VASU : Comment le sais-tu ? Tu ne regardes jamais de film.

SOMAN : Je sais bien que ce brin d'herbe entre tes lèvres ne fait pas de toi Sunil Shetty.

VASU : Les gens peuvent bien pleurer et se bagarrer tant qu'ils veulent, il viendra un temps où tout le bambou aura disparu, puis les éléphants, puis nous, et tout redeviendra comme à l'origine. Ou peut-être que ce sera une chose différente.

SOMAN : Et alors ?

VASU : Le monde change. S'il ne changeait pas, ce ne serait pas le monde.

(Un silence.)

SOMAN : On devrait donner un Filmfare Award à ce type.

Après la promenade, nos hôtes nous emmenèrent nous reposer chez eux, dans une cabane en bambou de deux étages, perchée sur des pilotis. Un garde occupait la tour de guet. Notre petite troupe dépassa un modeste jardin potager, des rangées soignées de haricots, de feuilles de curry, de choux, avec au milieu une boîte de conserve d'huile de moutarde Shakti accrochée en haut d'un poteau, reflétant le soleil en se balançant. L'agent Vasu nous fit la visite. Ici, les moustiquaires roulées au-dessus des lits de camp ; là, les chemises beiges suspendues à des crochets, les balles de fusil sur le lit, les talkies-walkies crachant leur friture, le calendrier mural où une jeune fille caressait sa natte d'une main timide. Et puis, le petit sanctuaire tout proche de la porte, sur une étagère fixée au mur, avec les images de Ganesh et de Krishna en chérubin bleu, des paquets d'encens et les allumettes carbonisées plantées dans des boules de cire. Ici, ils priaient avant de s'aventurer en forêt.

Tandis que nous filmions, on apprit que l'agent Vasu venait d'une famille pauvre, tout comme Soman, qui voyait la sienne une seule fois par mois. L'agent Vasu prit un portefeuille aussi mince qu'une galette et en sortit ce qui ressemblait à une pièce de puzzle.

« Moi », dit-il.

Et c'était bien lui, en plus jeune, fier et élégant dans son uniforme beige, le pied posé sur le pare-chocs d'une Jeep. Il avait découpé sa propre silhouette et celle de la Jeep reliée à son pied, comme si elles étaient une seule et même chose. Je fis le point sur cette photo, tenue délicatement entre ses doigts aux ongles sales. Il y avait quelque chose de très humble et de très chaleureux chez ces deux Vasu trapus, aujourd'hui et autrefois, tous deux apparemment incapables de faire le moindre mal. Mais le surlendemain, l'agent Vasu devait abattre un braconnier. D'abord, je ne voulus pas y croire ; il s'agissait forcément d'un autre Vasu, pas notre Vasu, pas Vasu avec ses grotesques chaussures de clown. Il m'avait semblé avoir réussi à le cerner, même en l'espace de quelques heures. Avait-il joué un rôle devant la caméra ? Ou l'avais-je déjà catalogué comme étant le doux et maladroit autochtone avant qu'il ait ouvert la bouche ?

La Jeep nous ramena chez nous en fin d'après-midi. La lune fit une brève apparition de bonne heure, telle une boule de vanille fondante et translucide dans le ciel bleu. Ravi s'était radouci envers moi et, assise près de lui à l'avant de la voiture, j'oubliai presque Teddy installé sur la banquette arrière, arborant cette expression rassasiée qu'il avait toujours à la fin d'une belle journée. Ravi conduisait d'une main, montrant de l'autre les fromagers rouges, les sals, les pins blancs et les rares *aanjili*, gardés par des singes agressifs.

Ravi ralentit derrière un camion au plateau ouvert où étaient assis quatre garçons, leurs talons rebondissant contre le pare-chocs. Trois d'entre eux bavardaient ; le quatrième regardait distraitement une graine soyeuse qui flottait au vent. Je repensai à une photographie d'Helen Levitt : quatre filles marchant dans la rue observent des bulles de savon dans l'air. Helen Levitt avait vingt-quatre ans, à peu près mon âge, lorsqu'elle acheta un Leica. Elle fixa un viseur d'angle sur le boîtier, un accessoire lui permettant de se positionner comme si elle regardait d'un côté pendant que l'appareil photographiait dans une autre direction, de sorte que le sujet ne remarquait rien.

Je n'ai presque aucune photographie de notre séjour en Inde. Je m'étais dit alors que je refusais d'être une simple touriste multipliant les images exotiques à montrer à ses amis quand elle serait de retour chez elle, lesquels amis s'ennuieraient à mourir au bout d'une dizaine de photos. Comme Teddy, je ne vis l'Inde qu'à travers le prisme de notre film, une optique assez réduite, je le reconnais volontiers. Notre obstination pallia notre inexpérience : nous voulions enregistrer tout ce que nous pouvions, et nous tenions à le faire bien.

Il y eut pourtant des moments inattendus que je regrette toujours de n'avoir pas saisis avec un médium plus durable que la simple mémoire. Comme ce garçon dans le camion, qui essayait d'attraper cette graine soyeuse. Ou Ravi tendant le bras vers le levier de changement de vitesses et me saisissant la main, avant que Teddy puisse s'en apercevoir.

Pour dîner, Ravi nous emmena dans son restaurant préféré, le Y2K, un nom énigmatique qui détonnait avec les arrangements floraux colorés et les nappes en plastique à carreaux. Notre serveur nous apporta trois « repas maison » – une colline de riz agrémentée de divers ragoûts et currys – et des cuillères méticuleusement disposées à côté de deux des assiettes. Ravi mangeait avec des doigts habiles qui semblaient sans cesse en mouvement, choisissant, enfournant et mastiquant des portions de mets, sans laisser beaucoup de place à la conversation.

Nous étions au milieu du repas quand Teddy me dit : « OK, Em, accouche. » Mon ventre se contracta, je compris ce qu'il voulait. J'avais oublié de le prévenir, négligé de m'expliquer. Les signaux que je lui envoyai alors – regard implorant, petits hochements de tête – arrivaient bien trop tard. « Où as-tu déniché ces trucs sur Shankar Timber ? »

Ravi releva brusquement le visage.

Je rajoutai quelques condiments sur mon assiette.

« Je ne me souviens pas.

– Vous l'avez interrogée sur Shankar Timber ? » demanda Ravi.

Teddy se tourna vers lui.

« Vous en avez entendu parler ? Il y a un village qui s'appelle… comment déjà ?

– Manaloor, dit Ravi.

– Exact. En tout cas, la discussion s'est un peu envenimée, mais Emma n'a pas lâché le morceau. C'est une excellente intervieweuse, bien meilleure que moi. »

Je dévisageai Teddy en secouant la tête.

« Ne l'embête pas avec ça.

– Pourquoi est-elle si excellente ? » demanda Ravi.

Sa voix semblait soudain plus tendue.

« Eh bien, en général, les gens lui confient ce qu'ils ont sur le cœur.

– Bon Dieu, Teddy, voilà que tu me fais passer pour une standardiste !

– Elle est imbattable pour la pause cruciale, par exemple. Les gens ont toujours besoin de combler le silence, alors ils finissent par en dire davantage que ce qu'ils voulaient. Et puis elle a un autre truc : à la fin d'une interview, elle demande : *Y a-t-il autre chose que, selon vous, je devrais savoir ?*

– C'est une question honnête, protestai-je.

– Tout est dans le ton de ta voix, genre : *Hé, vous pouvez me faire confiance.* Mais aussi : *Je sais que vous me cachez quelque chose.*

– Donc, elle manipule les gens », dit Ravi.

Teddy haussa les épaules.

« À un degré ou à un autre, le cinéma est un art de la manipulation. C'est une manière de prendre un raccourci vers la vérité.

– Oui, bon. À s'approcher trop près de la vérité, on se retrouve avec une fille qui se tranche les veines. »

L'espace d'un instant, la cuillère de Teddy resta suspendue en l'air, avant de s'abaisser vers la table. Il me regarda, puis se tourna vers Ravi. Le silence devint un étau, qui se resserrait à chaque seconde.

« Ras le bol », dit Teddy en jetant sa cuillère sur l'assiette avant de se lever et de rejoindre la voiture.

Je secouai la tête vers Ravi.

« Quoi ? s'enquit-il.

– Je n'arrive pas à le croire.

– Pareil pour moi.

– Désolée...»

Ravi se leva à son tour.

«Je n'ai pas révélé à Samina que c'était toi qui me l'avais dit.»

D'un geste désinvolte il mit fin à la conversation, puis alla se laver les mains aux toilettes. Ces derniers temps, les voyages en avion et les trajets en voiture s'étaient succédé, mais aucun ne m'avait paru aussi long que la demi-heure nécessaire pour rentrer chez nous. Je n'arrêtai pas de lancer des coups d'œil à Teddy dans le rétroviseur, convaincue que, si seulement je pouvais croiser son regard, tout irait bien entre nous. Mais il restait tourné vers la fenêtre, fixant le vide.

LE BRACONNIER

Nous conduisîmes Leela à l'hôpital dans la voiture de Synthétique Achan. En chemin, elle se mit à saigner. Elle serrait le bras contre la portière, le visage congestionné, grimaçant de douleur. Ma mère lui tenait la main. Jayan conduisait.

Une hémorragie, diagnostiqua le médecin. Elle avait déjà perdu le quart du sang qui alimentait sa matrice. Le fœtus était vivant, mais il y avait de fortes chances pour que, d'ici à deux semaines, elle mette au monde un bébé trop petit pour survivre. Et même s'il vivait, il serait incapable de faire la différence entre son père et un poteau de clôture.

Ils mirent Leela sous perfusion et la gardèrent pour la nuit. Dans la salle d'attente, j'observais Jayan qui faisait courir son pouce sur la clef de voiture, de haut en bas et de bas en haut, le visage de marbre. À un moment, il alla la voir seul. Il sortit de la chambre l'air encore plus abattu, puis dit qu'elle désirait des sous-vêtements et une brosse à dents.

Laissant Leela avec ma mère, je pris le volant dans l'aube boueuse. Jayan restait parfaitement immobile sur le siège passager. J'étais hébété de fatigue, mais son murmure éveilla aussitôt mon attention.

« J'aurais dû tuer cet éléphant. J'aurais dû le tuer dès que tu es venu me le demander.

– Je t'ai demandé de trouver quelqu'un d'autre...

– Il croit pouvoir piétiner ma ferme et ma famille, détruire ma vie aussi facilement qu'on casse une brindille...

– C'est un animal. Je doute qu'il ait une stratégie.

– Alors tu ne connais rien aux éléphants.

– Mais qu'en pensera Leela ? »

Il braqua sur moi un regard sauvage. « Qui lui dira ? »

Nous dépassâmes des maisons vides, aussi bariolées que le glaçage des gâteaux, une église arborant une énorme femme en néon dont les doigts émettaient des rayons lumineux. C'était la Vierge Marie, dont Leela gardait une image dans son miroir, une femme blanche au regard vitreux qui pleurait son fils. Nous restâmes silencieux jusqu'à ce que je me gare devant la maison. Le moteur se tut et nous regardâmes les environs, restés tels qu'ils avaient été à notre départ ; il me sembla soudain que toute cette nuit horrible n'avait été qu'un rêve.

« Elle croit que le bébé est en train de mourir en elle, dit Jayan.

– Elle est très sensible. N'importe quelle mère le serait.

– Qui pourrait le savoir mieux qu'elle ? Toi ? Le médecin ? »

Sa tête tomba, sa voix devint un chuchotis rauque. « Une mère sait ces choses. »

Refusant mon réconfort et mes conseils, Jayan se frotta les yeux avec les talons de ses mains pour en chasser les larmes, puis il regarda longuement notre palmier brisé.

Les muscles de sa mâchoire trahirent son intention, tout comme le tremblement de sa paupière. Il allait infliger une souffrance égale. Il saignerait à blanc cette créature.

Je lui demandai s'il avait un autre bermuda vert.

Il me regarda. «Tu es sûr ?»

Mon cœur accéléra. Je n'étais sûr de rien. Mais je ne pouvais pas le laisser partir seul en forêt.

Pour cinq mille roupies, Jayan engagea Alias, un type qui connaissait la forêt comme si lui-même l'avait créée. Il arriva avec son arme de fabrication maison. Il était célèbre pour ses fusils à chargement par le canon, en bois de rose, longs d'un mètre cinquante, presque aussi grands que lui. Il était également célèbre parce qu'il n'avait que huit doigts. D'après la rumeur, il avait perdu les deux autres en escaladant une montagne. Ayant coincé sa main entre deux rochers, il tira et tira, puis sortit son couteau.

Était-il tamoul ? Tribal ? Surhumain ? Concernant Alias, mon frère me conseilla de ne pas poser de question.

Synthétique Achan fournit sa propre arme à Jayan, spécialement fabriquée en Allemagne. Il me présenta à cette allemande dans l'espace privé de sa cabane à riz, évoquant ses origines, sans savoir que la carabine et moi nous étions déjà rencontrés. Je repensai à Raghu braquant le canon sur mes ennemis – *Tu paries, minable ?* Avec tristesse, je suivis du doigt les lapins qui bondissaient entre les feuilles gravées dans le métal.

«Tu m'écoutes, mon garçon ? Tends la main.» Mon oncle déposa sur ma paume un sac de lourdes balles. «Sers-toi de ce dont tu as besoin, mais ne fais pas de gâchis. Dans les années soixante, une balle coûtait cinq roupies ; maintenant, c'est soixante-dix. À ton avis, un fusil comme celui-ci coûte combien ?» Je faillis cracher quand il me le dit : trente-cinq mille. «Et c'était le prix *de l'époque*.»

Durant toute cette présentation, mon oncle se tripota le nez – grattant, pinçant, farfouillant –, et son angoisse était si évidente que, par un effet contraire, j'accédai à un grand calme.

« Une dernière chose : demande à ton frère d'enfoncer la balle bien profond. Il ne faut surtout pas que les dos-verts la trouvent. S'ils la trouvent, je suis fini.

– Tout se passera comme prévu », dis-je pour le rassurer.

Mais je devais d'abord m'arranger pour que l'allemande franchisse l'obstacle Leela. Ce ne fut pas une mince affaire de transporter l'arme entre la Maruti de mon oncle et notre cabane. Leela était revenue de l'hôpital deux jours plus tôt et elle aurait sûrement remarqué notre manège si elle n'avait pas été clouée au lit. Elle était très mélancolique, comme si elle s'attendait à saigner encore, à ce que le bébé qu'elle portait se dilue en elle comme une goutte d'eau. Mais ses yeux restaient à l'affût et l'épouse n'avait rien perdu de son sens des responsabilités.

Un soir, ma mère m'ordonna d'apporter à Leela de la soupe aux brisures de riz. Selon mon habitude, j'en volais une cuillerée salée avant de lui donner le bol. Dès que je fis mine de partir, elle m'apostropha :

« Donne-moi une autre cuillère. Tu es malade. »

En effet, ce matin-là, j'avais senti mes amygdales un peu enflées.

« Comment le sais-tu ? »

Elle leva le bol et souffla sur les brisures de riz.

« Je sais quand tu caches quelque chose.

– Cacher quoi ?

– Sinon, pourquoi serais-tu si pressé de partir ?

– Pour aller te chercher une cuillère.

– Ne fais pas le malin. Regarde-moi, Manu. »

J'eus l'impression d'être confronté à une juge, tant sa voix était sévère.

«Qu'y a-t-il? demanda-t-elle.

– Quoi *qu'y a-t-il*?

– Cette chose que tu me caches. Est-ce en rapport avec lui?

– Dois-je le dire? Maman me tuera.

– Qu'est-ce qui te fait croire que je ne te tuerai pas?»

Après quelques contorsions mentales, j'imaginai une fille que je devais retrouver au petit snack situé à huit cents mètres de la maison. Leela me dévisagea d'un air soupçonneux.

«Tu comptes l'épouser?

– Peut-être.

– Ses parents seraient-ils heureux de faire ta connaissance ou pas?

– Comment le savoir?

– Arrête de jouer à l'innocent. Elle mérite la vérité. Même si elle est trop stupide pour l'exiger.»

Leela baissa les yeux vers son bol et remua sa soupe avec ma cuillère contaminée. Après un silence, elle dit:

«Tout le monde croit que j'ai piégé ton frère. Mais comment une souris pourrait-elle piéger un rat? Au moins, il savait ce que j'étais.

– La fille d'un poseur de briques.»

Je lançai un regard inquiet vers la porte. Ma mère pouvait très bien nous entendre.

«Un poseur de briques! ricana Leela. Mon père n'a jamais posé la moindre brique. Il n'a jamais rien soulevé de sa vie sinon son poing.»

Après notre discussion, Leela se mit à soupçonner mon frère, à toute heure du jour, de préparer un mauvais coup. Elle se tournait et se retournait dans son lit, rejoignait parfois le seuil de sa chambre d'un pas traînant, sous prétexte de respirer l'air frais, guettant notre retour des champs.

Un matin, ma mère eut un coup au cœur alors qu'elle regardait par la fenêtre : une Jeep de l'Office des forêts s'arrêtait devant chez nous. Ma mère se figea sur place : qu'avait encore fait Jayan ? Les anciens péchés de son fils lui revinrent en mémoire comme une vague nauséeuse.

« Qui est là ? » demanda Leela depuis son lit.

La portière de la voiture s'ouvrit ; une grosse chaussure noire apparut, virile, suivie d'un sari maculé de boue.

« Qui ?

– Chut », dit ma mère, bouche bée, car c'était la grande prêtresse des dos-verts, la petite musulmane grassouillette, alias la directrice territoriale Samina Hakim.

Samina Madame représentait, de l'avis général, une amélioration par rapport à son prédécesseur, un rat affublé de Ray-Ban trop luxueuses pour son salaire, et quittant rarement sa tanière. On la voyait souvent entrer dans une maison de paysan, prendre le thé sur la véranda et écouter les doléances locales, le front aussi plissé que son sari empesé couleur olive. La raison de sa présence chez nous était un mystère. Ma mère décida de parer à une éventuelle attaque en lui proposant du thé, une offre que Samina Madame accepta.

« Asseyez-vous, asseyez-vous, s'empressa d'ajouter ma mère en montrant le fauteuil de mon père.

– Merci, dit Samina Madame sans s'asseoir, mais je suis venue prendre des nouvelles de Leela. »

Un sourire de gagnante illumina son visage rond. La femme solidement charpentée qu'elle était ne semblait pas avoir un gramme de graisse en trop.

Ma mère accompagna Samina Madame dans la chambre de Leela et procéda à de rapides présentations. Leela s'assit dans le lit. Recevoir son ennemie alors qu'elle était couchée et en chemise de nuit était un affront terrible.

« Je vais chercher le thé et les biscuits, dit ma mère en repartant aussitôt.

– Avez-vous l'impression que je devrais encore manger des biscuits ?» demanda alors Samina Madame d'une voix joviale.

Elle approcha une chaise en plastique du lit de Leela et s'y assit. *Voici donc la harpie responsable de l'emprisonnement de mon mari*, pensa Leela. Celle qui l'avait pris dans ses rets pour l'offrir à la police de Karnataka comme un kilo de gâteau.

«Je suis allée à l'hôpital, dit Samina Madame. On m'a informée que vous étiez ici. Comment allez-vous ?

– Bien. Vivante. La plupart des gens qui ont croisé le Fossoyeur ne peuvent pas en dire autant.

– Quelle chance que votre mari se soit réveillé à ce moment-là.»

C'est moi qui me suis réveillée en premier, pensa Leela en acquiesçant.

«Et, poursuivit Samina Madame, le bébé ?»

Le regard de Leela transperça la visiteuse, qui s'adossa à sa chaise en ayant conscience d'avoir franchi une ligne rouge.

Les deux femmes restèrent longtemps silencieuses. Samina Madame contempla les murs à loisir. Leela passa la main sur son drap tout neuf en coton, semé de voiliers. Elle connaissait la règle : ne jamais acheter de cadeaux pour un bébé tant qu'il n'est pas né. Mais elle avait vu ces voiliers et succombé à la tentation.

«Votre mari est à la maison ? s'enquit Samina Madame.

– Aux champs.

– Reviendra-t-il déjeuner ?

– Vous comptez rester déjeuner ?

– Rien ne m'y oblige.»

Samina Madame eut un sourire contraint et se balança un peu sur son siège, telle une poule couvant un œuf.

«Il ne fait pas de pause déjeuner.

– Et comment va-t-il depuis son retour ici ?

– Vous devez le savoir, madame.»

Leela prononça *madame* comme si c'était le synonyme de «grosse crotte». «Il s'est présenté à vos bureaux deux semaines après sa libération. Vos bureaux, ce sont bien ceux avec le flamboyant?»

Madame hocha la tête, son assurance prenant un peu de plomb dans l'aile.

«Je ne me souviens pas de sa visite.

– Il cherchait du travail à l'Office des forêts. Personne ne connaît mieux que lui l'intérieur des terres, il a donc pensé qu'il pourrait être guetteur, aider les patrouilles en forêt. N'est-ce pas là l'un des emplois proposés par vos services?

– Si, cela fait partie d'un projet pilote destiné à harmoniser les besoins économiques des populations locales et les impératifs de la vie sauvage...

– Vos sbires lui ont ri au nez.

– Qui a ri? Quels gardes?

– Quelle importance? Ils sont tous pareils.

– Oh, je pense qu'il est évident que ce n'est pas mon cas.

– Parce que vous prenez le thé avec nous et vous enquérez de notre santé? Il paraît que vous prenez aussi le thé avec les gens de Shankar Timber.»

Madame en resta bouche bée, manifestement surprise sur plusieurs fronts – que cette invalide l'interroge, qu'elle connaisse le nom du scandale qui s'était collé à son talon comme une crotte de chien.

«Cela échappe entièrement à mon contrôle.

– Il paraît que vous ne vous faites pas offrir que du thé, madame.

– Le plan de travail est approuvé à divers niveaux – Delhi, Trivandrum. J'étais contre l'abattage, mais mon avis n'a pas été retenu. Il vous est bien sûr facile de rester assise et de porter des accusations. Trouver des solutions est beaucoup plus difficile.

– J'en trouve tout le temps.

– Par exemple ?

– Nous avons besoin de clôtures électriques autour des terres cultivées et le long des routes », dit Leela.

Madame acquiesça.

« Pas des clôtures de mauvaise qualité, du genre qu'un petit marcassin peut boulotter. »

Comme hypnotisée, Madame hochait la tête. Leela se surprit à dire, comme contre son propre gré :

« Autre chose encore : vous devriez donner leur chance aux gens tels que mon mari. Il pourrait être très utile. Les gens comme lui désirent mener une vie honnête, ils veulent bien écouter vos conseils, mais les conseils ne remplissent pas le ventre. Vous devez leur donner la possibilité de vivre honnêtement.

– Vous êtes sûre qu'il désire vivre honnêtement ?

– Mais quel genre de question est-ce donc ?

– Ne prenez pas la mouche. »

Leela ne supportait plus de se flageller. Elle avait succombé à cette femme obséquieuse, cette cheffe des dosverts en sari, avec des cartes truquées plein les manches de son chandail.

« C'est un fait. La plupart des braconniers sont des récidivistes. Ils commettent sans cesse les mêmes erreurs, qu'ils désirent vivre honnêtement ou pas.

– Il a payé sa dette.

– Faites-moi confiance, il a toujours des débiteurs, des ennemis. Ils le surveillent.

– Et ils sont à vos ordres.

– Je les garde sous le coude, dit Madame. Certains d'entre eux, en tout cas. Ils ressemblent à des poils de menton, ces gens. On en arrache un et quatre autres repoussent à sa place.

– Pourquoi êtes-vous venue, madame ? Pour parler de poils de menton ?

– Pour voir ce que vous savez de votre mari.»

Madame se renfrogna.

«Très peu de choses, apparemment.

– Je sais qu'il s'est mis en cheville avec de mauvaises personnes. Elles ont profité de lui parce qu'il savait très bien tirer sur les oiseaux et les singes, un éléphant de temps en temps...

– Cinquante-six.»

Leela s'adossa, cligna des yeux. Ce nombre lui coupa la respiration.

«Quatre, rectifia-t-elle d'une petite voix. Peut-être cinq.

– Son complice a dit cinquante-six au juge. Et dernièrement, votre mari a rencontré un homme qui en a tué encore plus. De quoi croyez-vous qu'ils parlent?

– Je... je ne sais pas.»

Lorsque les pas de ma mère approchèrent, Madame posa sa carte de visite sur la table de chevet, signalant ainsi la fin de la conversation. «Certainement pas du temps qu'il fait, je peux vous l'assurer.»

L'ÉLÉPHANT

Le Vieux ne pouvait s'en prendre qu'à lui-même pour l'embauche de Kizhakkambalam « Roméo » Kuriakose. Roméo arborait une rangée de dents scintillantes, ce que le Vieux avait interprété à tort comme le signe d'une bonne hygiène, alors qu'il s'agissait seulement d'un dentier. À vingt ans, affirmait Roméo, une maladie des os lui avait volé toutes ses dents, mais en réalité ç'avait été une bénédiction, car il avait maintenant le sourire d'un prince !

Ce sourire princier disparut dès que le Vieux mit une pelle entre les mains de Roméo et lui dit de déblayer les excréments du Fossoyeur.

L'éléphant ne supporte pas de vivre dans la saleté, ajouta le Vieux. En forêt, il ne souille jamais deux fois le même endroit. Aussi propre qu'un brahmane.

Roméo tourna la pelle en tous sens et considéra l'extrémité métallique avec perplexité. Fallait-il vraiment s'abaisser à cela ?

Éléphant Sabu exigeait trois gardiens par éléphant. Pour le troisième gardien, le Vieux désirait un jeune, quelqu'un de malléable et curieux d'apprendre. Avant même que le Vieux entame ses recherches, Roméo lui présenta la lie de sa famille : son frère et le fils de son frère, un gamin à la tête baissée et aux yeux globuleux qui, trois années de suite, avait redoublé sa quatrième. Costaud et large d'épaules, sans cou visible, il évoquait une jarre. En dépit de sa force apparente, il tremblait comme une poule mouillée en présence de son père. Celui-ci le traita de gros balourd, ajoutant que ce gosse n'écoutait jamais ses parents, malgré tous les coups de trique qu'ils lui assenaient sur le dos. Le Vieux ne pourrait-il pas prendre ce crétin sous son aile et le domestiquer comme il avait domestiqué tant d'animaux rebelles ?

Ton nom ? demanda le Vieux au gamin.

Mathai.

T'intéresses-tu aux éléphants ?

Sais pas. J'en ai jamais vu.

Son père lui flanqua une taloche sur le crâne. C'est quoi, cette réponse ? (Une réponse très raisonnable, pensa le Vieux.)

Mathai, dit le Vieux en réfléchissant à ce prénom. Nous t'appellerons Mani.

Un nom hindou ? demanda le garçon. Z'essayez de me convertir ?

Non, idiot, dit Roméo, même si le premier jour il avait posé la même question. C'est pour que, les fois où on emmène l'éléphant au temple, les swamis te prennent pas pour Nasrani le bouffeur de porc.

Mani-Mathai eut un sourire timide. Y a que les catholiques qui bouffent du porc.

Ainsi, le nettoyage des excréments et la préparation de la nourriture incombèrent à Mani-Mathai, qui se mit au boulot et absorba comme une éponge tout ce que le Vieux pouvait lui apprendre : qu'un éléphant, aussi propre qu'un brahmane, se lave toujours les pattes avant de boire de l'eau ; que sa trompe peut en contenir jusqu'à dix litres ; qu'il ne faut jamais se pencher pour ramasser quelque chose à côté de la patte d'un éléphant, de peur que ce dernier ne prenne votre tête pour un tabouret.

Le Vieux fut content de Mani-Mathai, qui compensa plus que largement les âneries du poivrot édenté qu'était son oncle. Roméo acheta la loyauté des autres gardiens grâce à un afflux constant de blagues salaces et de bidis, sans oublier les magazines pornos. Quand il n'insultait pas son neveu, il l'ignorait, et le gamin restait sur son quant-à-soi.

Au fil du temps, le Vieux s'aperçut que Mani-Mathai n'était nullement un crétin. Son père prenait son silence pour de l'imbécillité, sa concentration pour de la paresse. Alors que la plupart des garçons de son âge étaient aussi agités que des feuilles dans la brise, Mani-Mathai manifestait un calme imperturbable. Il pouvait passer des heures en compagnie des éléphants, sans somnoler ni s'ennuyer, les regardant simplement manger.

Ce garçon discret nourrissait pourtant d'étranges idées. Un jour, il décrivit au Vieux un son qu'il percevait lorsqu'il était en compagnie de Parthasarathi et du Fossoyeur. Une sorte de palpitation dans l'air, un vrombissement modulé qu'il ressentait dans sa moelle. Pas tout le temps, précisa Mani-Mathai en risquant un coup d'œil au Vieux. Seulement quelquefois.

Le Vieux n'avait jamais ressenti une chose pareille, mais il s'interrogea.

Dès que Roméo eut vent de la «palpitation» de Mani-Mathai, il suggéra que cette sensation était sûrement localisée dans le *chaddi* du garçon. Les autres gardiens imitèrent son rire méprisant. Tu sens ça? demanda Roméo en lançant une pierre vers l'entrejambe de son neveu.

Le lendemain matin de bonne heure, Mani-Mathai s'enfuit. En début de soirée, son père le ramena à la porte du Vieux par la peau du cou. Le garçon avait une bosse violacée sur la tempe.

Les jours passaient, sans la moindre pluie. Les feuilles de teck se recroquevillaient et tombaient, dures comme des carapaces de tortues, raclant la terre assoiffée.

Enfin, un orage mit un terme à la sécheresse, arrachant les dernières feuilles mortes aux arbres. La pluie tambourina sur le toit de la cabane des gardiens. Un volet claqua contre la fenêtre, réveillant le Vieux, qui tira vigoureusement sur les battants et remit en place le crochet rouillé.

Roméo dormait sur le ventre, les bras en croix, tel un noyé. Aussi utile dans son sommeil qu'au travail.

Mani-Mathai dormait d'habitude sur une paillasse entre leurs lits, mais cette nuit-là, sa couche était vide. Une autre fugue sans aucun doute, qui aboutirait à une autre bastonnade. Le Vieux se souleva de son lit, certain qu'il était désormais trop tard, que le garçon s'était fondu parmi les ombres entre les arbres.

Il découvrit Mani-Mathai sur les marches de devant, les bras serrés autour de ses genoux cagneux, le regard perdu dans l'obscurité. Le Vieux prononça son vrai prénom, Mathai, mais le garçon détourna le visage. Étaient-ce des larmes sur ses joues, ou seulement la pluie ?

Rentre, dit le Vieux d'une voix forte pour se faire entendre dans le vacarme de l'orage.

J'arrive, répondit le garçon, sans bouger.

Le Vieux s'imagina au lit, glissant rapidement vers les quelques heures de sommeil qui lui restaient. Au lieu de cela, il s'assit sur la marche à côté de Mani-Mathai et regarda la pluie se métamorphoser en fines aiguilles.

Je les entends, dit le garçon. J'entends les éléphants parler.

Je te crois, dit le Vieux.

Le garçon aspira l'air entre ses dents. Les vieux ne croient à rien. Ils pensent tout connaître.

Qui a dit que j'étais vieux ?

Le garçon regarda le Vieux et passa un doigt épais sous son nez. Vous avez l'air vieux.

Le Vieux ne sut comment réagir. Comment réconforter ce gamin ? Lui poser une main sur l'épaule ? Sur la tête ? Le Vieux hésitait encore entre l'épaule et la tête quand Mani-Mathai dit : Je pourrais prendre un jour de congé ?

Oui. Un.

Mon père dit que j'aurai droit à un jour de congé quand vous en prendrez un.

Je prends un jour de congé quand l'éléphant en prend un.

Le garçon soupira dans la nuit, le regard songeur. Est-il né en captivité ?

Il a été capturé tout petit. Sa mère a été tuée par des braconniers. Quand les gardes forestiers l'ont découvert, il était pelotonné contre elle.

À votre avis, il se souvient d'elle ?

Il se souvient de tout. C'est le don magnifique de l'éléphant.

Après un silence durant lequel l'esprit du garçon parut errer, Mani-Mathai dit : Un don terrible.

Le Vieux fut frappé par la vérité simple de ces mots sans fioriture. Pour quelqu'un de si jeune et de si fruste, ce gamin avait une sacrée jugeote.

Cet éléphant t'intéresse, dit le Vieux.

Oui, c'est ce que je sens.

Le Vieux laissa passer quelques secondes de silence, puis il dit : Je t'ai déjà parlé de la fois où cet éléphant m'a sauvé la vie ?

Le garçon tourna la tête puis la secoua d'un air perplexe.

Nous étions dans un temple et les gens s'approchaient de plus en plus près pour toucher une défense, lui donner des bananes et se faire bénir. Je voyais bien qu'il était nerveux, à sa manière de glisser le bout de sa trompe dans sa bouche. J'ai tenté de repousser les gens. J'ai écarté les bras, mais ils se pressaient contre moi en me criant de les laisser passer. Et tout d'un coup je me retrouve en l'air. L'éléphant m'avait saisi par la taille pour m'installer sur son dos.

Qu'ont dit les gens ?

Rien du tout ! On aurait dit un banc de poissons bouche bée, tout en bas. Comme si un dieu en chair et en os venait d'atterrir parmi eux et que je me retrouvais perché sur son dos, le cul en l'air.

Le regard de Mani-Mathai se perdit en direction des stalles des éléphants, où huit bêtes dormaient sur le flanc, huit énormes cœurs palpitants, de la taille d'un jaque. Vous croyez que c'est un dieu ? demanda le garçon.

Le Vieux faillit dire la vérité : certaines fois, il redoutait davantage cet éléphant que n'importe quel dieu. Il sentait quelque chose de nébuleux derrière ces yeux aussi limpides que du miel. Alors que, serré dans la trompe, il s'était envolé, le Vieux avait cru sa dernière heure venue, que l'éléphant se retournait contre lui : la peur la plus profonde de tout gardien. Durant cette ascension si brève le submergea aussi la certitude bouleversante d'une épiphanie : *Voici donc ce qu'il a toujours éprouvé pour moi.*

Viens, dit le Vieux. Il nous reste encore quelques heures de sommeil.

Pas encore. Mani-Mathai le regarda d'un air suppliant. Racontez-moi une autre histoire. Une longue.

Le Vieux se rappela une faim similaire pour les histoires, la voix grave de son père l'enveloppant comme un châle, insufflant de la magie dans leurs journées ennuyeuses. Même si plus personne ne respectait le savoir d'un gardien, ces récits parlaient d'une époque où on les écoutait. Transmettre ces histoires, c'était espérer malgré tout. Et le Vieux n'avait pas de fils, seulement ce garçon aux yeux affamés d'espoir.

Le Vieux raconta donc l'histoire que son père lui avait tant de fois racontée, avec tant de fins différentes qu'elle semblait se retricoter lors de chaque nouvelle narration.

Il y a très longtemps, avant les défenses, chaque éléphant mâle avait des ailes. Écailleuses, griffues et couvertes de veines, elles transportaient les mâles à travers les airs tandis que les femelles les regardaient depuis le sol, avec un intérêt mitigé. Ils accomplissaient leurs exploits durant la période de l'accouplement, des figures acrobatiques et des plongeons spectaculaires !

Jusqu'à ce que le Sage gâche tout.

Le Sage résidait au cœur obscur des bois. C'était un ronchon pieux à la peau plissée, qui le plus souvent restait seul. Un jour où le Sage priait, un éléphanteau volant lui lâcha un tas de matière puante sur la tête. Selon certains, ce jeune était un coquin ; selon d'autres, il avait tout bonnement raté sa cible (ou mis dans le mille, selon ceux qui avaient une mauvaise opinion du Sage). Bien décidé à avoir le dernier mot, le Sage jeta un sort à tous les éléphants : ils ne voleraient plus.

En quelques jours, les ailes de tous les pachydermes se rabougrirent en une petite excroissance translucide avant de disparaître complètement. Les éléphants bondissaient et tombaient. Le bruit sourd de leurs chutes et leurs cris d'angoisse réduisirent au silence jusqu'aux oiseaux les plus bavards, à des kilomètres à la ronde.

L'un des éléphants – appelons-le l'Éléphant – tenta de négocier avec le Sage. Comme d'habitude, celui-ci était d'une humeur exécrable, mais il écouta l'Éléphant jusqu'au bout.

Le tigre a ses rayures, plaida l'Éléphant. Le paon, sa queue. Le gaur est si laid qu'on ne distingue pas son cul de sa bouche, mais au moins il a des cornes.

Que veux-tu de moi ? s'enquit le Sage.

Les ailes, ô saint Sage. Les ailes étaient notre meilleur atout.

Cesse de me qualifier de saint. Même si je voulais inverser le sort, ce qui n'est pas le cas, je ne pourrais pas. Ce qui est maudit est maudit.

Ne peux-tu nous donner autre chose, alors ? Une belle chose, puissante, qui soit à nous ?

Après moult flatteries et autre baratin, le Sage accepta. Il versa une poignée de poussière dans un sac en tissu. Frottes-en une pincée contre tes dents du haut, dit-il, et tu verras.

L'Éléphant suivit ce conseil et le lendemain matin deux de ses dents avaient grandi pour former d'étincelantes défenses incurvées en ivoire. D'abord, il ne fut guère impressionné. Elles étaient belles, mais inutiles, contrairement aux larges ailes écailleuses. Mais ce jour-là, les autres animaux de la forêt se rassemblèrent autour de l'Éléphant et s'émerveillèrent de ses nouveaux appendices. Les singes s'y accrochaient, les oiseaux se posaient à leurs extrémités. Au fond de la forêt, les tigres rugirent de jalousie.

Les éléphantes trouvèrent ces défenses très belles. Les autres mâles, l'ayant remarqué, passèrent un peu de poussière du Sage sur leurs propres dents, et bientôt presque tous les mâles de la forêt eurent des défenses – avec des résultats très divers. Certaines étaient jaunâtres et fendues, d'autres minces et pointues, certaines émoussées, d'autres longues, et un pauvre crétin difforme mourut de faim parce que ses défenses se croisaient juste devant sa bouche. Tout le monde s'accorda à dire que les défenses les plus majestueuses étaient celles de l'Éléphant.

La rumeur à propos de ces défenses atteignit le Rajah, qui invita l'Éléphant au palais afin de voir par lui-même ces miracles jumeaux. Pour préparer sa venue, on polit les sols jusqu'à en faire des miroirs, on démolit les marches avant de les reconstruire à l'échelle de ses pattes. L'Éléphant gravit cet escalier monumental, la foule des roturiers l'applaudit en contrebas. Dans le palais, les nobles en extase rivalisèrent de cris admiratifs. Une dame s'évanouit ; les autres l'enjambèrent pour s'émerveiller du visiteur. Même le Rajah recula à sa vue. Une créature tellement puissante, et puis ces défenses, ces stupéfiantes, ces incroyables défenses !

Ils offrirent à l'Éléphant des grenades, des crèmes veloutées, du lait au miel, tout ce qu'il demandait. L'Éléphant vivait un moment exquis ; ivre de sucre et de plaisir, il accepta la proposition du Rajah de passer la nuit au temple, seul bâtiment au plafond assez élevé pour qu'il pût y entrer.

Le lendemain matin, quand le Rajah vint le voir, l'Éléphant entama ses adieux. Mais le Rajah le supplia de passer une autre nuit dans le temple, car un prince du voisinage avait entendu parler des défenses et il était en route vers le palais. L'Éléphant accepta, car qui pouvait dire non au Rajah ? Jour après jour, le Rajah renouvelait sa requête et, tandis que les visiteurs se succédaient au temple, l'Éléphant commença à s'inquiéter. Une nuit, il testa les portes du temple et les découvrit verrouillées. Le lendemain matin, au réveil, il s'aperçut que sa cheville était entravée par des chaînes.

Ainsi, au fil des ans, des centaines de personnes vinrent déposer des fruits devant l'éléphant du Rajah. Ils l'honorèrent par des chansons, des sculptures et des peintures. Les enfants réclamèrent des jouets en forme d'éléphant doté de défenses longues comme le doigt, et chaque rajah voulut posséder son éléphant mâle. Ils envoyèrent des chasseurs dans les forêts, qui creusèrent de profondes fosses, avant de les recouvrir de branches et de fruits en guise d'appât.

Au bout d'un moment, aucune ménagerie royale digne de ce nom n'abritait moins d'une demi-douzaine d'éléphants mâles. Les temples en firent autant. Mais aucun n'était aussi célèbre et aimé que le tout premier mâle, dont le Rajah fit graver l'effigie sur une pièce d'argent, afin qu'il soit honoré jusqu'à la fin des temps.

Les éléphants de la forêt décidèrent que le Sage devait payer. Leur cheffe était la Grande Mère, qui explora les plus obscures profondeurs feuillues jusqu'à ce qu'elle découvre l'antre où il se cachait, une caverne trop étroite pour qu'une créature plus large qu'une panthère pût y pénétrer.

Un soir, alors que le Sage en sortait sur la pointe des pieds, elle le jeta à terre et l'immobilisa sous sa patte. Le Sage gigota et hurla. Continue comme ça, dit-elle, et je te fais un autre trou dans la tête.

Le Sage se retint presque de respirer.

C'était mon fils, dit la Grande Mère. Il est mort dans ce palais, dans leur cage. Ils ont brûlé son corps à leur manière païenne. Même ses os ! Comment, sans ses os, puis-je faire le deuil de mon petit chéri ?

Comment, dit le Sage, incapable de poursuivre jusqu'à ce que la Grande Mère ôte sa patte de sa poitrine. Comment as-tu appris cette crémation ?

J'ai senti ses cendres dans le vent.

Le Sage s'effondra sur une pierre, la tête dans les mains. Il n'avait pas voulu les fosses, les flèches ni les chaînes. C'était bien pire que lorsqu'il avait rivé au sol les éléphants, qui ensuite ne lui adressèrent plus la parole pendant dix ans. Maintenant, le Sage était un fugitif dans sa propre forêt.

La Grande Mère exigea que le Sage débarrasse les mâles de leurs défenses, mais pour cela le Sage était impuissant. Alors même que la Grande Mère levait sa trompe pour le frapper à mort, le Sage s'écria : Attends, j'ai une proposition à te faire !

Niché entre deux collines se trouvait un lac, inconnu des hommes et des bêtes. Le Sage lui en montrerait le chemin, puis elle le montrerait à son tour à ses semblables. Ainsi, les éléphants sauraient où aller à l'approche de la mort. Ce serait l'emplacement de leur dernier repos, sur les rives d'un lac secret, où ils pourraient boire l'eau bleue et mourir en paix. Là, ils pourraient pleurer à l'écart du monde. Leurs ossements et ceux de leurs descendants seraient inaccessibles aux humains.

Rien à fiche de ton paradis funèbre ! dit la Grande Mère. L'homme le découvrira tôt ou tard, et tout ce qu'il verra c'est un champ d'or blanc à exploiter. De nos dépouilles, il fera des perles et des bracelets.

Le Sage ferma les yeux et vit que c'était là une possibilité infime. Quelqu'un viendrait, mais pensant qu'il valait mieux ne pas entrer dans les détails, il dit : C'est un endroit que la plupart des hommes ne trouveront pas, mais *si* un homme devait venir et voler le plus petit fragment, il le reposerait aussitôt et périrait.

Ainsi vit le jour le cimetière des éléphants. Tous les éléphants connurent bientôt le chemin des morts. Certains parcoururent des kilomètres en boitant, le corps couvert de flèches, laissant leur trace sanglante dans les champs et la forêt, sur les herbes et les buissons, pour rejoindre le lac secret. Ainsi que le Sage l'avait promis, une gorgée de cette eau et l'éléphant pouvait s'éteindre en paix.

L'emplacement du cimetière était un secret qu'ils gardèrent avec tant de précaution qu'aucun éléphant ne l'évoquait à voix haute ; tous le chuchotaient à travers leurs pattes. Les éléphants s'habituèrent si bien à ce silence qu'ils développèrent une langue nouvelle, à une fréquence indétectable pour l'oreille humaine.

Un seul éléphant rompit le serment, une femelle née avec une unique défense jaune sale dont elle était très fière. Elle avait eu une prise de bec avec un langur qui refusait de croire à l'existence d'un tel cimetière. Elle indiqua son emplacement au langur, mais avant que le singe ne pût passer d'un arbre à l'autre pour informer ses congénères, la Grande Mère bondit des fourrés et, d'un coup de trompe, tua le langur. L'éléphante à la langue trop bien pendue supplia le troupeau de la pardonner, mais il n'y avait pas de plus grand péché que la divulgation du secret. Pour garantir son silence, on la précipita du haut d'une falaise.

Une ère nouvelle succéda à l'ancienne. Des continents se séparèrent et se percutèrent ; des montagnes naquirent de leur collision. Les rois se battirent, épousèrent des reines, engendrèrent d'autres rois, leurs exploits furent embellis, les chansons les immortalisèrent. Mais le garçon sans père qui nous intéresse à présent, loin d'être de sang royal, était si insignifiant qu'il n'avait même pas de nom.

Il avait besoin de travailler. On lui avait parlé d'une voie qu'on creusait et pavait à une grande distance de son village ; il partit donc à pied, empruntant tous les camions qui voulaient bien de lui. Un jour, il rencontra une vieille femme miséreuse, oisive au bord de la route. Il lui demanda où se trouvait le chantier de la future voie ; lorsqu'elle leva le visage vers lui, sourit et exhiba une seule longue dent d'un jaune sale, il regretta de n'avoir pas attendu pour interroger quelqu'un d'autre. Dépliant les doigts d'une main, elle lui montra la direction à suivre le long des lignes entremêlées de sa paume, jusqu'à un lieu qui, promit-elle, le rendrait bien plus riche que n'importe quelle route. À défaut d'un autre guide, le garçon suivit les conseils de la vieille ; il marcha et marcha encore, incapable de s'arrêter. Le soleil semblait immobile, un bouton blanc cousu sur le ciel bleu.

Enfin, le garçon arriva à un lac que personne de sa connaissance n'avait jamais vu et dont il avait eu vent seulement par les légendes.

Que dirait-il plus tard du cimetière des éléphants ? Le silence était d'un autre monde. Il y avait un lac si calme qu'il semblait en verre et, tout autour de ses berges, aussi loin que portait le regard, de gigantesques crânes d'éléphants, aux orbites aussi grosses que sa propre tête, des mâchoires innombrables garnies de dents trapues, de longs os immaculés, des cages thoraciques semblables à des grottes, et des défenses si phosphorescentes qu'elles paraissaient briller de l'intérieur.

Le garçon souleva une pièce d'ivoire guère plus longue que son avant-bras, pesant un kilo tout au plus. Combien de roupies pourrait-il en tirer ? Sûrement assez pour permettre à sa famille de vivre pendant un an, après quoi il serait en âge de demander au contremaître le poste de son père.

Il contrôla le frisson de terreur qui lui serrait le cœur. Il enveloppa la défense dans sa chemise, coinça le tout sous son bras et rentra chez lui en auto-stop. Il voyagea plusieurs jours, dormant dans les maisons de thé qui l'acceptaient pour la nuit ou, sinon, à la belle étoile.

Une fois rentré chez lui, sa belle-mère enleva le tissu recouvrant la défense avec autant de précaution que si elle retirait le bandage d'une plaie. Ses lèvres se séparèrent ; elle poussa un léger soupir. Elle serra la main du garçon, lequel crut que, contrairement à ce qu'il avait toujours pensé, elle l'aimait réellement après tout, qu'elle ne partirait jamais, comme elle avait très souvent menacé de le faire s'il ne rapportait pas assez d'argent à la maison. Maintenant, voilà qu'elle l'appelait *mon fils* ou *ce garçon si intelligent*, au lieu des habituels *fils-d'une-autre-femme* ou *petit orphelin*.

Le lendemain matin, le garçon se réveilla avec de nouveaux espoirs, jetant de temps à autre un coup d'œil au pied de l'anacardier, où au crépuscule il avait enterré la pâle merveille. Il y voyait leur potentiel enfoui, une graine qui pousserait, se fendrait, se multiplierait. Sa belle-mère comptait demander à son frère comment vendre l'ivoire, mais elle avertit le garçon de ne pas ouvrir son joli bec, pour éviter d'attirer les ennuis.

Enchantée de son avenir doré, la belle-mère entendit à peine le garçon se plaindre de migraine. En début de soirée, il s'alita. Touchant ses tempes, il y découvrit un filet d'un liquide plus poisseux que la sueur.

Les jours suivants, d'autres changements se manifestèrent. Il ne pouvait plus inspirer la moindre bouffée d'air sans en percevoir toutes les senteurs, comme si cet air était devenu limpide et particulier, comme s'il pouvait en détailler toutes les nuances, qu'il avait vécu toute sa vie avec du coton plein le nez et qu'à présent, seulement maintenant, ses narines étaient dégagées. Sa belle-mère était oignon et sueur, mâtinée de fenouil. Sa mère, lui revint-il, dégageait un léger parfum de sucre brun caramélisé.

Puis il se mit à accueillir des souvenirs saisissants, des instantanés d'une époque de sa vie si ancienne que personne n'aurait pu croire que ces images lui appartenaient en propre. Il se rappela son premier hoquet, stupéfiant, dans le ventre de sa mère. Il se rappela la pulsation liquide du cœur de sa mère, une basse lente accompagnant ses propres palpitations frénétiques, et l'odeur métallique qui marqua sa mise au monde. Il se rappela le visage maternel, hagard et aimant, ces yeux de la nuance changeante d'un ciel d'orage.

Il partagea ces sensations inédites avec sa belle-mère, qui ne sut que faire de toutes ces divagations. Cesse tes jérémiades, lui dit-elle, et porte l'ivoire chez mon frère.

Mais le garçon eut peur de son corps et de son esprit, de leurs débordements imprévisibles hors de leurs frontières naturelles et familières. Le lendemain matin, il déterra la défense et la coinça sous son bras. Traversant la forêt et les champs, il partit à la recherche du cimetière des éléphants. Mais la sorcière à la longue dent jaune avait disparu, ses indications avec elle, et il se retrouva à marcher en rond.

En rentrant chez lui, le garçon enfouit la merveille dans un endroit inconnu de sa belle-mère, qui riposta en refusant de lui préparer à dîner et en le traitant d'enfant de putain. Le garçon avait bien d'autres soucis. Il y avait sa peau, qui se mit à épaissir et à durcir par endroits, pour former des plaques sombres, semblables à du cuir, sur son dos, ses jambes, son front. Il y avait ses ongles, qui poussaient en tuiles dures et jaunâtres. Et tous les soirs, une douleur pulsait à la racine de ses deux canines supérieures. Elles semblaient bizarres au contact de sa langue, une paire d'imposteurs malvenus. Dans la glace, elles semblaient plus blanches que ses autres dents.

Était-il garçon ou éléphant ? se demanda-t-il. Pouvait-il être les deux en même temps ?

Ne sois pas idiot, le réprimanda sa belle-mère. Personne ne peut être deux choses à la fois. Pour l'instant, tu es un garçon, plus ou moins. Mais tu te transformes à vue d'œil en éléphant.

C'est à cause de cette défense, dit le garçon, les larmes aux yeux. C'est cette défense qui a causé tous ces problèmes. Et si je la rendais ? Pourrais-je alors inverser la malédiction ?

Oh, mon gentil crétin de fils, il est hors de question d'inverser une malédiction, tout le monde le sait. Mais peut-être pourrions-nous tirer profit de cette malédiction ?

D'abord avec gentillesse, elle le pressa d'essayer de se rappeler l'emplacement du cimetière des éléphants. Elle lui suggéra d'y retourner, avec une brouette, et d'y prendre tout ce qu'il pourrait. C'est toi qui te serviras, ajouta la belle-mère, car tu es déjà maudit, et puis j'ai mal au dos depuis un moment, alors je resterai à la maison. Penses-y, mon sucre d'orge ! Un seul voyage là-bas et ta pauvre belle-mère sera définitivement dispensée de travailler. Toi aussi, tu en seras dispensé, tu auras devant toi toute une vie de mangues, de bananes et de repos ; libre comme l'air, tu pourras aller où tu voudras.

Ce soir-là, le garçon resta éveillé dans son lit, explorant ses souvenirs de l'emplacement du cimetière, non pour satisfaire à la demande de sa belle-mère, mais pour rendre ce qu'il avait volé. Il refusait de croire sa belle-mère à propos des malédictions. Il était le héros de sa propre histoire ; il jura de prendre son destin en main, de décider de sa fin, quoi qu'il pût arriver à son corps.

À ce serment, son corps réagit violemment.

Le garçon n'eut même pas le temps de crier de douleur quand ses deux dents pointues poussèrent pour former des défenses d'un blanc si immaculé qu'elles brillaient dans l'obscurité. Son dos s'incurva, s'arrondit ; son nez s'allongea, épaissit, s'alourdit, une force surpuissante sourdait de chaque repli en accordéon de cet organe tout neuf. La plante de ses pieds devint douce et très sensible, les doigts se réunirent. Il ressentit un agréable frémissement vers le coccyx. Il éternua.

Il se leva, tomba à quatre pattes, de ses épaules fit un trou dans le toit. Il donna deux coups de tête dans le mur en boue séchée et se fraya un chemin dans la cour, vers le mûrier. Il apprit très vite à se servir de sa trompe, à déblayer la terre, à pincer une baie pour s'accorder un bref plaisir. Il trouva enfin la merveille, qui brilla sur la terre veloutée. Alors même qu'il la secouait pour la débarrasser de la poussière, il sentit son odeur dans le vent. Oignon et sueur, avec une nuance métallique.

Il se tourna vers sa belle-mère. Elle braquait sur lui le fusil de son père. Ses yeux arrondis par la peur, le dégoût et la cupidité restaient fixés sur ses défenses.

Emmène-moi au cimetière, commanda-t-elle.

Certains désirs changent au fil des mois, mais il y en a d'autres si permanents que leur forme et leur puissance nous demeurent d'ordinaire cachées, sauf à de rares et terribles moments. Dieu sait combien de temps il avait perdu à rechercher l'amour d'une mère, combien d'efforts il avait faits pour satisfaire cette femme qui se trouvait maintenant derrière le fusil ! Le désespoir le submergea, le désespoir, le sentiment d'échec et la fureur. Il se mit à rugir à pleins poumons. Il fit quelques pas vers sa belle-mère en chargeant et elle réagit ainsi qu'il s'y attendait : elle lui tira une balle en pleine poitrine.

Avec la douleur arriva un autre souvenir instantané, une réminiscence qui parut à la fois lui appartenir et lui être étrangère, à laquelle ses pattes répondirent en le propulsant à toute vitesse vers les profondeurs des bois.

Il erra la nuit entière en sentant la vie s'en aller par sa poitrine, ses souvenirs de garçon se désagréger et s'éloigner, remplacés par d'autres. Il y avait des éléphants volants, qui tourbillonnaient et sillonnaient le ciel bleu ; il y avait le Sage et la pincée de poudre fatidique ; il y avait le Rajah, les crèmes veloutées, la cage. Tout ce temps, ses pattes obéissaient à une volonté enfouie depuis une éternité. Un oiseau aquatique se laissait porter sur son dos, bien qu'il ne vît aucune eau dans les parages. Dès que son pas s'alourdit, l'oiseau s'envola, blanc et solitaire dans l'aube striée d'or.

Des heures passèrent ou peut-être des minutes ; l'éléphant ne pouvait en être sûr. Tout ce qu'il sut avec certitude, ce fut l'odeur, qui l'accueillit avant le cimetière – les fantômes des éléphants défunts. Sa vue avait faibli, il ne distinguait que la brume bleutée du lac et du ciel, le blanc cru des ossements. Il but de l'eau et alla s'allonger dans l'ombre du plus gros crâne.

Des cavités du crâne émanait l'odeur de la Grande Mère, antique et minérale, envahissant ses poumons. Cette odeur convoqua d'autres souvenirs : les rides de sa trompe, la colonne de sa patte, cette patte contre laquelle il s'appuyait. Il n'était plus capable de discerner si la lumière faiblissait derrière ses yeux ou dans le ciel, mais tout cela semblait désormais sans importance. Une seule idée occupait son esprit : c'était donc cela, la vérité ! Il devait bien sûr finir ses jours à cet endroit précis, entouré de son odeur à elle et d'une blancheur omniprésente, la blancheur de l'intérieur d'un œuf, comme pour entamer une autre vie.

La cinéaste

Le mardi, le lendemain du dîner au Y2K, Ravi se rendit dans la partie est de la réserve afin de former des gardiens, me laissant ainsi tout le temps de discuter avec Teddy.

« Quand lui as-tu parlé de Shelly ? » voulut savoir Teddy.

Nous rejoignions à pied nos chambres respectives après avoir plus ou moins bien filmé un garde donnant le biberon à un bébé tigre. Toute la matinée, j'avais cherché comment formuler des excuses convenables. Dès que je commençai, il me coupa :

« Quand ?

– Quand je suis tombée malade, je crois, je ne sais plus. Nous avons passé toute la journée ensemble. »

Teddy allongea le pas, j'eus du mal à rester à sa hauteur.

« Je n'aurais pas dû lui en parler. Excuse-moi. »

J'entrai dans sa suite. Toutes les chambres que Teddy occupait semblaient témoigner d'une effervescence créative –

le carnet Moleskine ouvert sur son bureau évoquant étrangement un oiseau écrasé, les bristols aux mots énigmatiques étalés sur son lit (exemple : SÉQUENCE VAUTOURS – ILS DÉTESTENT ÊTRE EN CAGE), la boîte d'allumettes Batara sur le rebord de la fenêtre, à côté du tube de papier toilette servant de porte-encens qui aurait pu transformer sa chambre en un brasier odorant. Ce chaos de notes et de vêtements abandonnés un peu partout incluait un havre d'ordre : la valise des bandes mini-DV qu'il avait cataloguées et rangées avec un soin maniaque.

Teddy écarta quelques bristols et s'assit sur son lit en retirant l'objectif de la caméra.

« Ravi t'a parlé de cette affaire Shankar Timber ? »

J'acquiesçai.

« Je crois que je n'étais pas censée te le dire.

– Tous les deux, vous êtes maintenant comme cul et chemise, hein ?

– Ouais, je crois. »

Je marquai une pause.

« Il se sent à l'aise avec moi.

– Pour des raisons évidentes.

– Parce que nous sommes amis.

– Je suis ton ami. Tu n'as jamais mis de rouge à lèvres pour moi. »

Je fus surprise, et consternée, qu'il ait remarqué mon baume à lèvres coloré. « Tu es ridicule. Ça se passe toujours ainsi – ils s'attachent à nous, nous nous attachons à eux. » *Ne t'approche pas trop des animaux*, m'avait dit Ravi en me saisissant doucement le coude alors que nous étions devant la nursery des éléphanteaux. *Nous ne voulons pas qu'ils s'attachent à nous.*

« Comment peut-il se confier s'il ne nous fait pas confiance ?

– Tout ce que je te dis, c'est de faire gaffe. Tu as une drôle de manière d'encourager les gens. Que tu le veuilles ou non. »

Le rouge me monta aux joues. Je sentis que Teddy était sur le point de me faire une sorte de confession, un aveu qui risquait de mettre en péril notre amitié. Les clichés défilèrent dans ma tête comme les mots sur une bande de téléscripteur – *besoin d'être seule... ne te vois vraiment pas comme ça...*

Teddy soupira.

«Mon père me coupe les vivres dans deux mois.

– Pourquoi?

– Il me donne un peu de fric de temps en temps, quand j'arrive pas à m'en sortir. Mais maintenant il a Bev et tous ses marmots, alors le robinet va bientôt être fermé. Plus de prêts, finie la sécurité sociale.»

Je m'assis près de lui.

«Tu bosseras à ton compte. Tu déménageras à Greenpoint. Tu mangeras au McDo tous les mercredis.» C'est moi qui lui avais appris l'existence des mercredis à cinquante cents; pour trois dollars, on pouvait acheter des burgers mous pour la semaine entière. «Tu te débrouilleras comme tout le monde, jusqu'à ce que tu en aies marre. Alors tu donneras des cours à des gosses de riches, ou tu feras autre chose.»

Il hocha la tête, avec un petit sourire triste et sardonique.

«Simplement, j'aurais plus jamais une occasion en or comme celle-ci. Un tournage entièrement financé, sans interruption. Pas avant un sacré bout de temps.

– Et alors?

– Alors j'ai besoin que ce film marche. C'est une chance unique de se faire un nom, pour tous les deux. Un film par Emma Lewis et Teddy Welsh.

– Super. Je vais être tout en haut de l'affiche.»

Il grimaça, me lança un bref coup d'œil. «Tu prends ça au sérieux, oui ou non?»

Sa sincérité me stupéfia, je me sentis offensée et coupable. D'une voix exaspérée, je lui répondis:

« *Oui.*

– Désolé. Fallait que je le dise.»

Je n'avais pas menti, seulement fait un pas de côté pour lui fournir une réponse générale sans entrer dans les détails scabreux. Et pourtant. Ce mauvais pressentiment. Le besoin soudain et compulsif de trouver refuge ailleurs, n'importe où. Je dis à Teddy que j'allais filmer quelques plans de coupe et, avant qu'il puisse formuler la moindre objection, je lui pris la caméra des mains.

En m'approchant des éléphanteaux, je m'arrêtai près d'un gardien penché au-dessus d'une bassine en acier et le filmai en train d'y jeter en pluie du riz et des haricots. Les vagues granuleuses de blanc et de brun emplirent le cadre, glissant et se mélangeant, fascinantes.

Levant les yeux, je croisai le regard dubitatif du gardien, dont la coupe mulet méritait un égal scepticisme.

« *Ana kutty* », dit le gardien en hochant la tête par-dessus l'épaule, en direction des éléphanteaux.

Il fit semblant de manger le riz et les haricots du seau, comme pour me signifier : *C'est l'heure du repas*, ou bien : *T'as donc rien de mieux à immortaliser pour la postérité ?*

Je connaissais le chemin des éléphanteaux, le virage sec à gauche après la balle d'herbe fraîche, les clôtures métalliques de chaque côté. Mais une fois arrivée là-bas, je perdis le désir de filmer. Je posai la caméra sur un poteau de clôture et, pour la première fois, je les regardai sans le moindre matériel technique devant mes yeux ou sur mes oreilles.

Deux gardiens tenaient des bouteilles de lait munies d'une tétine. Les plus jeunes animaux burent les premiers, la trompe levée. Les gouttes de lait tombant sur les poils raides de leur menton leur faisaient une sorte de bouc. Les éléphanteaux plus âgés poussaient des grognements contrariés, enroulaient leur trompe sur le dos des petits, les suppliant de leur laisser la place.

Les gardiens repoussaient ces importuns tandis que les heureux élus tétaient et déglutissaient.

Nous avions déjà filmé cette scène, mais d'après moi les plans auraient dû être plus serrés, exclure les gardiens, se concentrer sur les yeux, les bouches et les trompes, souligner claquements de langue et gémissements, comme pour entrer dans leur cercle au lieu de simplement l'observer de l'extérieur. J'imaginai un film composé de séquences lyriques et patientes comme celle-ci, l'absence de toute voix humaine laissant place à un langage visuel plus intime.

Tandis que les animaux se régalaient, mon téléphone vibra contre ma hanche. R. VARMA. À la simple vue de ces lettres vertes et brillantes, toute l'amertume de la veille se dissipa. Je ressentis seulement une dangereuse excitation.

Je tournai le dos aux gardiens mécontents, m'éloignai d'eux en trottinant, avant de répondre :

« Hé, tu es où ?

– Je conduis », dit Ravi de sa voix rauque de fumeur.

J'attendis qu'il s'exprime, convaincue qu'il voulait faire amende honorable. Mais le noble art de la réconciliation n'était peut-être pas son fort.

« J'aurais dû t'en parler avant de mentionner l'affaire de l'exploitant forestier. Désolée. »

Il grogna.

J'entrai dans le bureau principal vide, posai la caméra sur sa table, m'affalai dans son fauteuil. C'était à lui de parler maintenant. Je pivotai pour examiner les étagères du fond, qui semblaient prêtes à s'écrouler, surchargées qu'elles étaient de registres, de dossiers, de classeurs et de vieux claviers entourés de rallonges électriques.

« À propos de Shelly. » Pas de réponse. Je laissai un ange passer. « S'il te plaît, ne mentionne plus son nom. Depuis ce matin, c'est très tendu entre Teddy et moi ; il est peut-être au courant à propos de nous deux, ou bien il soupçonne quelque chose... »

Si l'on faisait une analogie entre notre conversation et une balançoire à bascule, j'étais celle qui se retrouvait désormais coincée tout en haut, ridicule, les jambes pendant dans le vide.

« Peu importe, finis-je par dire. Parlons de tout ça ce soir.

– Je serai seulement de retour dans la matinée.

– Pourquoi ? Que se passe-t-il là-bas ?

– Rien de spécial. La formation… »

Sa voix se tut et j'entendis Ravi respirer. Il n'était pas adepte des pauses méditatives, du moins pas au téléphone.

« J'ai reçu un appel, dit-il enfin. On a retrouvé un mâle mort dans une ferme, à Sitamala.

– C'est l'éléphant qui a tué le gamin ?

– Aucune idée. Je dois pratiquer l'autopsie demain matin. Viens, si tu veux.

– L'éléphant a été tué ou c'est une mort naturelle ?

– Tué. »

Cet éléphant prit dans mon imagination la forme d'un monticule criblé de trous. Je ne sus quoi répondre.

« Ce ne sera pas joli-joli, dit Ravi. Mets tes chaussures moches. »

Il raccrocha avant que je puisse lui demander lesquelles de mes chaussures il trouvait laides. Je continuai d'examiner le mur derrière le bureau. Je remarquai une créature semblable à une chèvre au regard dolent sur un collage de coupures de presse. Les titres des articles retinrent mon attention : « Un buffle sauvage se remet à Dibru Saikhowa », « Le jeune rhinocéros retrouve sa mère », « L'homme tue, l'homme sauve », « Première remise en liberté d'éléphanteaux ».

Sous ce dernier titre, un paragraphe avait été souligné :

Quatre éléphants adolescents ont été remis en liberté hier dans la réserve naturelle, munis de colliers radio et de marques auriculaires. Utilisés pour localiser ces jeunes vulnérables, les colliers radio tomberont d'eux-mêmes au bout de plusieurs semaines. «Les marques auriculaires, elles, resteront en place durant des années, assure Ravi Varma, vétérinaire en chef au CSRF, pour nous permettre de rassembler des données sur le long terme pendant que ces jeunes animaux grandissent, s'accouplent et engendrent à leur tour des éléphanteaux.»

Cette citation ressemblait aux réponses que Ravi me faisait au début, des explications parfaitement neutres. J'essayais de m'écarter des lieux communs abordés d'ordinaire durant ses interviews, d'éviter les listes de sujets rédigées à l'avance, mais une question me venait parfois à l'esprit plus tard, une question que j'avais oublié de poser. Et c'est précisément ce qui m'arrivait à présent. Voici ce que j'aurais dû lui demander au téléphone, ce qui allait sans doute le ronger toute la nuit: l'éléphant mort était-il marqué? Était-ce l'un des animaux de Ravi?

LE BRACON-NIER

Mardi, la veille du jour où nous devions partir chasser le Fossoyeur, on trouva un éléphant en train de mourir dans la ferme du vieux Raman. Il était sans doute sorti de la forêt d'un pas vacillant avant de s'effondrer au bout du champ, terrassé par ses nombreuses blessures. Le tireur n'avait manifesté ni pitié ni habileté, car la bête mourut lentement, sous les feux croisés d'innombrables regards humains.

Les dos-verts soupçonneraient le vieux Raman de complicité dans la mort de l'éléphant, ils l'associeraient à ces paysans qui par le passé avaient tendu des pièges aux pachydermes trop intrusifs. L'un d'eux avait même dissimulé un pétard dans un jaque, creusant ainsi un cratère dans la bouche de l'animal. Mais Raman était d'une nature plus douce. Il apporta de l'eau dans un seau en plastique ; l'éléphant étant trop faible pour lever sa trompe, le vieil homme avança à quatre pattes pour verser le liquide sur la masse écumeuse de sa langue, à plusieurs reprises.

Quand j'entendis parler de cet animal à l'agonie, j'espérai qu'il s'agissait du Fossoyeur. Jayan espérait l'inverse : il ne pensait plus qu'à cette chasse, même lorsqu'il m'emmenait dans les bars avec ses amis. Il passait la soirée penché au-dessus de son verre, le dos voûté, les narines palpitantes, le regard si sombre et concentré que je le voyais répéter la tuerie en imagination.

Ses amis ne se laissaient pas gagner par sa morosité. Nous buvions et fumions ; ils me surnommèrent Petit Shivaram lorsque je m'étouffai en buvant un verre de gnôle sentant l'essence. Je décidai d'accepter ce sobriquet, même s'il était un peu dévalorisant. Être moqué par ces types revenait à être accepté par eux, et plus je riais avec eux, plus il me semblait qu'en temps voulu ils deviendraient mes potes, et Jayan avec. Je tombai sur le chemin du retour, me tordis la cheville, puis boitillai, soutenu par mon frère. Nous nous hâtions de rentrer tandis que Jayan beuglait ses insanités à la nuit : *Le v'là qui arrive, le Croque-Mort, on en fera de la pâtée pour les vautours !*

Ce matin-là, les vautours se régalaient déjà. Les dos-verts brûlèrent du bois de santal et du vétiver pour dissiper la puanteur de l'éléphant mort ; mais la chaleur l'amplifiait et la diffusait partout.

Leela partit à pied pour voir l'éléphant. Elle ne nous avait pas adressé un seul mot depuis l'aube, quand nous étions revenus l'air coupable, empestant l'alcool. Mon frère s'en alla travailler dans les champs ; j'aurais bien aimé l'imiter, mais ma cheville me faisait mal. Je fus donc contraint de rester à la maison et d'endurer les vigoureux reproches de ma mère : indécrottable flemmard par-ci, graine de voyou par-là.

Dans l'après-midi, je trouvai Leela qui se lavait les pieds à la pompe. Elle but dans la coupe de ses mains, puis essuya l'eau sur son menton. Son regard se posa sur la corde à linge où le vent gonflait le *mundu* bleu de Jayan, celui qu'elle avait tenu le jour où la police de Karnataka avait emmené mon frère. J'attendis qu'elle me parle de ce qu'elle avait vu, mais elle s'intéressait seulement au *mundu*, qu'elle fixait avec une telle intensité qu'elle aurait pu y brûler un trou.

Puis elle soupira comme si elle renonçait. «Manu, aide-moi avec ce truc.»

Je rejoignis la corde à linge en boitant, pris le *mundu* à un bout pendant qu'elle reculait en tenant l'autre. Le tissu mouillé était souple, pas encore raidi par le soleil.

Nous tirâmes sur les extrémités opposées ainsi qu'elle me l'avait appris des années plus tôt, quand j'étais son aide pour le ménage.

«Y avait trois hommes, dit-elle enfin. Ivres morts. Ils dansaient sur le corps.

– Du Fossoyeur ?

– Comme si tu ne le savais pas. Le coin droit.»

Je faillis le lâcher. «Tu crois que nous...» Elle pinça les lèvres.

«Mais nous n'étions pas en forêt la nuit dernière, même pas dans ses environs ! Demande aux autres, à Sabu, Shaji...

– Une sacrée paire, ces deux-là. Vous auriez pu faire des pirouettes dans le ventre d'une baleine, qu'ils ne se souviendraient de rien.

– Crois-moi...»

Elle tira si fort que le tissu m'échappa des mains. «Allez, donne-moi ça.» Elle ramassa le *mundu*, le frotta pour en chasser les petits cailloux, le plia en deux, puis encore en deux. «Dans quel monde vit-on, où des hommes dansent sur le dos d'un dieu ?»

Je me retins de répondre, sachant qu'elle n'était pas d'humeur à entendre ce que j'avais à lui dire :

Un monde où les dieux dansent sur notre dos.

Plus tard ce jour-là, Leela annonça qu'elle allait à l'église, un alibi que ma mère accepta avec sympathie, car elle aussi avait été une jeune épouse malheureuse.

Leela prit tout son temps pour arranger les plis de son sari en polyester et coton. Elle gardait d'habitude son miroir en plastique orienté vers le plafond, peu désireuse d'y voir se refléter ses taches de soleil. En mettant du kajal sous ses yeux, elle sentit quelque chose bouger au fond de son ventre. Depuis l'attaque du Fossoyeur, elle n'avait plus rien perçu de tel. Sa main rejoignit son ventre, palpa et espéra, jusqu'à ce qu'un rot lui échappe – des gaz et rien de plus.

Elle n'avait pas prévu de tomber enceinte aussi vite. Durant toutes ses années passées sous le nom de Podimattom Leela, elle avait avorté à trois reprises, chaque fois après une litanie de remèdes de grand-mère – poivre long, papayes, soupe à la moelle de mouton, grands coups de dossier de chaise dans le ventre. Aucune matrice de femme ne pouvait sortir indemne de pareils traitements et elle en avait parlé à Jayan après sa proposition de mariage. Il avait éclaté de rire et répondu que ses soldats pouvaient survivre dans les conditions les plus extrêmes.

À l'époque, elle était ce qu'on appelait « une fille de famille » ; elle se rendait seulement à l'hôtel pour des rendez-vous arrangés par son agente, une tante vivant à Kottayam. Jayan fut le premier homme qu'elle ramena chez elle, le premier à la complimenter pour les housses de coussin qu'elle avait elle-même cousues, le premier à la regarder dans les yeux quand elle lui parlait. Qu'il était étrange de penser qu'elle lui avait ouvert son cœur simplement parce qu'il l'avait regardée dans les yeux ! Mais cet infime détail donna à Leela l'impression de compter, voire de jouir d'un certain pouvoir. Où était ce pouvoir, à présent ? Elle était enchaînée entre la terre et le ciel, baissant toujours les yeux vers le sol ou les levant pour guetter la pluie. Et puis elle vit l'éléphant mort, qui n'était pas le Fossoyeur, qui était plus petit que le mâle qui avait failli la tuer. Elle toucha sa peau granuleuse, huma la pourriture du cadavre. Resta à quelques pas de la trompe inerte, l'énorme bras tendu d'un dieu. Non pas son dieu, mais un dieu malgré tout.

Cinquante-six dieux, à ce qu'ils prétendaient.

Leela se dit qu'elle avait pris rendez-vous avec Madame afin d'obtenir un travail pour Jayan – point final. En imagination, elle le revêtait de l'uniforme des dos-verts, elle le voyait patrouillant fièrement la forêt, emmenant des gens en randonnée, le genre d'emploi où les appareils photos étaient les seuls instruments de visée.

Leela se retrouva face à un vieux fossile de dos-vert. Il leva les yeux au-dessus de son bureau et la fixa de son unique œil perçant, l'autre étant réduit à une fente laiteuse.

Elle inspira à pleins poumons pour se donner de l'assurance.

« J'ai rendez-vous. »

Le fossile l'accompagna jusqu'au seuil du bureau de Madame, puis fit demi-tour pour rejoindre son poste. Madame tenait un téléphone collé contre l'une de ses oreilles ; elle enfonçait une pince à cheveux dans l'autre, pour en extraire le cérumen avec une détermination farouche. Remarquant l'arrivée de Leela, elle rangea la pince à cheveux et lui fit signe de s'asseoir en face d'elle.

Des cartes de la région recouvraient le mur situé derrière Madame, tout hérissées de punaises rouges, jaunes et vertes. Leela entortilla le coin de son mouchoir autour d'un doigt jusqu'à ce que le bout devienne tout froid.

« Ah, monsieur, merci, monsieur. » Fatiguée, impatiente, Madame reposa le combiné sur le socle. « Un éléphant vient d'être abattu à Sitamala. Je suis sûre que vous avez respiré l'odeur de sa charogne avant moi. Blessé à la poitrine, à l'épaule, à la patte, ils l'ont transformé en passoire... Hé hé ! Hello ?»

Une pénible vague de nausée avait contraint Leela à fermer les yeux. Elle hocha la tête tandis que Madame réclamait de l'eau et du thé.

«Vous en êtes au deuxième trimestre, non? Les nausées devraient être terminées maintenant.

– Elles vont et viennent», réussit à articuler Leela.

Elle se réjouissait secrètement de ces malaises. Ils lui rappelaient que le bébé était toujours vivant.

Le fossile leur apporta deux gobelets en carton remplis d'eau chaude ; dans chacun, un sachet de thé flottait comme un poisson mort perdant un sang marron. Madame souleva son sachet et le replongea trois fois dans le récipient. «Alors, votre mari...»

Son mari, son mari, éternelle préoccupation. On ne pouvait donc pas commencer par un autre sujet – l'enfance, les enfants, ses nausées ? Leela avait passé tant de journées seule à s'inquiéter, à prier pour que son bébé survive sans encombre, à rêver qu'elle mettait au monde une pierre. Un menu bavardage lui aurait procuré un soulagement éphémère.

Mais le réconfort n'intéressait pas Madame.

«Votre mari a un associé nommé Alias. Avez-vous déjà entendu ce nom ?

– Jamais.

– Un type fuyant. Mais un tireur hors pair. Il a un jour abattu un éléphant d'une balle logée ici (Madame pointa l'index vers l'espace situé entre ses sourcils) et l'impact a été si puissant que l'animal est tombé sur les fesses. D'habitude l'animal tombe en avant, mais celui-ci est mort assis.»

Tout en parlant, Madame ouvrit un tiroir et en sortit quelques photographies. «Alias et ses complices ont escaladé leur prise pour faire leur travail, et quand ils ont eu fini, ils ont laissé ce souvenir.»

Leela baissa la tête vers le cliché que Madame venait de poser sur son bureau. Elle mit un moment à identifier les formes en sentant son cœur accélérer.

Elle distingua les protubérances jumelles et grises couronnant le crâne, les oreilles flaccides de part et d'autre, mais à l'endroit où la face aurait dû se trouver on voyait seulement une cavité béante, un fouillis de tendons arrachés et de surfaces déchiquetées, un affreux amalgame d'os et d'écarlate. Madame indiqua deux crêtes pâles qui se rejoignaient en forme de V. « C'est la mâchoire inférieure. Les dents de derrière étaient tout usées. Il devait avoir quatre-vingts ans. Une autre fois, nous avons découvert un éléphant qui avait seulement les défenses coupées. Ce malheureux respirait toujours quand nous l'avons trouvé. »

Leela repoussa la photographie. « Mon mari est un paysan, pas un boucher. Plus maintenant. Il s'est fait piéger par des sales types. Il a fait des erreurs et il a payé. » Elle sentait un poids de plus en plus lourd oppresser sa poitrine.

« Pourquoi me montrez-vous ceci ? Vous ne l'aviez pas par hasard dans votre tiroir, cette photo ?

– Ouvrez les yeux. »

Le visage de Madame était avenant, sa voix implacable.

« Votre mari était impliqué dans un trafic d'ivoire qui allait jusqu'à Dubaï, un trafic dont j'essaie toujours de comprendre les tenants et les aboutissants. À lui tout seul, il a tué cinquante-six éléphants…

– Qui vous a fourni ce nombre ? Le fourbe idiot qui l'a dénoncé ?

– … mais voyez-vous, son dernier méfait est celui qui me fascine. Perché dans un arbre, il a abattu un jeune mâle d'environ huit ans. Une balle dans la nuque, une mise à mort très propre, mais pas tout à fait. Car la mère est là. Elle rejoint son fils mort. De sa trompe, elle touche celle de l'éléphanteau. Elles font cela, les mères, pour vérifier s'il respire ou non. Il ne respirait plus. Votre mari attend que la mère s'en aille, mais elle reste là. Elle reste là, parfaitement immobile, jusqu'à la nuit, puis jusqu'à l'aube du lendemain. Tout ce temps-là, votre mari attend dans l'arbre. Et lorsqu'il devient évident qu'elle ne partira jamais, Jayan l'abat à son tour, il découpe les défenses de cinq kilos du jeune mâle, tranche la queue des deux animaux et s'en va. Et voici la question que je continue de me poser : pourquoi est-elle restée ? Elle savait sûrement que votre mari était dans l'arbre. Durant toute une journée, elle s'est présentée à lui comme une cible potentielle. Alors que se passait-il donc dans l'esprit de cette mère ? »

Sans bien comprendre cette question ni grand-chose d'autre, Leela secoua la tête.

Madame se pencha vers elle. « La mère pensait peut-être ceci : *Je sais qui tu es. Et je ne détournerai pas le regard.* »

Une mouche se posa sur la photo de l'éléphant sans tête, bougea de-ci de-là comme si elle essayait de trouver une voie d'accès à la charogne.

« Comment le savoir ? » Madame s'adossa à sa chaise avec un haussement d'épaules. « Mais revenons à nos moutons. Oui, je suis d'accord avec vous : le complice de votre mari est un fourbe idiot. Beaucoup trop idiot pour imaginer une histoire pareille. Et puis il y avait ces défenses dans votre cabane. Des pièces de cinq kilos. Pas grand-chose, mais que peut-on espérer d'un éléphant de huit ans ? »

Le regard de Leela se perdit au fond de son gobelet de thé.

« Le passé est le passé, chuchota-t-elle. À quoi bon remuer tout ça ?

– Pour que vous ne le laissiez pas recommencer. Pensez à votre bébé. »

Leela ferma les yeux, mais la voix de Madame força l'obscurité et se fraya un chemin jusqu'à son cœur.

«Devra-t-il être témoin des agissements de son père? Pensez à ce que ressentira votre enfant, combien il souffrira en retrouvant son père derrière des barreaux.

– Je ne pense qu'à cela!

– Alors?

– Je ne sais pas ce que vous attendez de moi. Il fait tous ses projets de son côté.

– Je ne vous demande pas d'inventer une histoire. Contactez-moi seulement quand vous saurez quelque chose – des noms, des acheteurs, des lieux...»

Le regard de Leela erra sur les cartes du mur. Toutes ces punaises rouges, vertes et jaunes, une constellation sordide. Chacune d'entre elles semblait pointer un crime que son mari avait commis, un péché qu'elle n'avait pas encore découvert.

Leela adressa à ces punaises un murmure si ténu que Madame dut se pencher en avant pour le saisir.

«Si je vous aide, vous ne lui ferez aucun mal. Pas de passage à tabac. Pas de condamnation. Simplement... effrayez-le. Menacez-le assez pour qu'il renonce. Arrêtez-le si vous le devez, mais seulement pour une nuit.

– Je ne veux pas prendre d'autres années de la vie de votre mari. Ces braconniers se situent tout en bas de l'échelle, on leur donne des miettes. En jeter un en prison n'a pas plus de conséquences que de cueillir un champignon...»

Madame s'interrompit soudain. «Excusez-moi, j'ai parlé sans réfléchir.»

Leela n'avait plus la force de se mettre en colère. Elle fit décrire quelques cercles à son gobelet en carton et regarda le poisson y nager en rond, sans se douter une seconde qu'il était très rare d'obtenir la moindre excuse de Madame.

Madame ne s'excusait jamais, car elle ne commettait jamais d'erreur. Elle regrettait parfois une décision, mais dès qu'elle en prenait une, elle agissait, et vite.

À mesure que la journée avançait, l'éléphant mort diffusa une puanteur plus forte, comme si une plaie s'était ouverte dans l'atmosphère même, immonde et suppurante.

Je bus café sur café au point d'en avoir mal à l'estomac. J'étais néanmoins décidé à rester éveillé jusqu'à notre rendez-vous avec Alias. Nous partirions chasser vers cinq heures le lendemain matin.

En l'absence de Leela, je me décidai à traire la vache. Le rythme du lait tambourinant contre l'acier du seau aurait pu me calmer, mais la queue de Fille blanche me giflait sans cesse, comme si j'étais une mouche importune.

En fin d'après-midi, je me promenai dans le champ qu'on avait récolté deux semaines plus tôt. La terre était friable et pleine de trous ; bientôt, il nous faudrait semer à nouveau. De là, je voyais les cinq arpents de ma mère ; elle en lèguerait la moitié à chacun de ses fils. Puis Jayan et moi diviserions nos parcelles pour la génération suivante, et ainsi de suite, tous vivant côte à côte, coude à coude. Mon avenir semblait s'enliser dans ce bourbier. Je pensai à mon frère, à mon oncle, aux dos-verts et aux paysans. Je pensai aux éléphants et aux animaux de la forêt, à tous leurs yeux jaunes et vengeurs. Qu'ils se bataillent pour posséder ces terres, me dis-je. Moi, j'étais destiné à une autre vie, aussi vrai que les velles deviennent des vaches.

Mais est-il vraiment si malin, le garçon qui n'arrive pas à concrétiser ce souhait ? Toutes les velles ne deviennent pas des vaches. Certaines finissent dans l'assiette des humains.

Ce soir-là, j'entendis Leela crier sur mon frère avant même que j'atteigne la galerie, où ma mère était assise sur la chaise en bois de mon père. Les bras posés sur les accoudoirs, les mains pendantes. Son vieux regard triste croisa le mien et elle demanda :

« Où étais-tu ?

– Dans les champs. Où veux-tu que j'aille ?

– Je ne sais pas. Je ne sais plus rien de toi. »

Je fis celui qui n'avait rien entendu.

« Pourquoi se disputent-ils ?

– Ah, lâcha-t-elle avec un grognement d'impuissance. Il dit qu'il va partir. Elle lui répond qu'elle partira la première. Le riz refroidit. »

Je fis mine d'entrer dans la maison, mais elle me saisit l'avant-bras. « Toi, tu ne vas pas partir, n'est-ce pas, Ficelle ? »

Je n'avais pas entendu ce nom depuis l'enfance, quand mon père me soulevait dans ses bras et déclarait que je pesais autant qu'une pelote de ficelle.

« Mais pourquoi te quitterais-je, maman ? Où voudrais-tu que j'aille ?

– Je ne parle pas de moi. Mais de Jayan. Promets-moi de le surveiller quand je ne serai plus là. »

Je reculai d'un pas.

« Lui as-tu demandé la même chose ? De me surveiller ?

– Mon garçon, toi au moins tu n'as pas besoin qu'on te surveille. Lui a toujours été un voyou, toujours à casser des choses, à n'avoir peur de rien. Je pensais que la prison le remettrait dans le droit chemin, mais il n'y a plus de droit chemin pour lui. »

Elle grimaça en entendant les cris de Leela.

« Le soir a toujours été un moment désagréable pour moi, sans jamais m'apporter la paix. »

Je restai silencieux. Je dirigeai mon regard vers un banc de nuages gris, en espérant qu'elle ne verrait pas la pitié dans mes yeux. Elle ne supportait pas la pitié.

« Dis-le, mon enfant. Promets-moi. »

Je lui promis de surveiller mon frère. Mais le visage de ma mère demeura noué par l'inquiétude, ses mains s'étreignant l'une l'autre, telles des créatures autonomes cherchant un peu de chaleur.

«Tu me prends pour une idiote? cria Leela. Tu crois que je ne sais pas où tu vas ?»

Je trouvai mon frère dans sa chambre. Il enfilait une chemise tout en regardant froidement Leela ou quelque part derrière elle, comme si elle ne méritait même pas un coup d'œil.

«Tu vas où?» demandai-je.

Elle répondit à sa place.

«Il va retrouver ses potes les bandits. Pour planifier une nouvelle partie de braconnage.

– C'est seulement les éléphants qui t'intéressent? dit Jayan. Tu devrais rejoindre l'Office des forêts.»

Elle hésita.

«Je m'intéresse à mon enfant. Quel genre de père va-t-il connaître? Un hors-la-loi? Un menteur?

– Quels mensonges...

– Je sais que tu as tué cinquante-six éléphants. *Cinquante-six*, répéta-t-elle à mon intention. Abattus de sa propre main. Tu le savais?»

Je ne répondis pas. En fait, j'ignorais le nombre exact; je n'avais jamais cherché à le connaître. Jayan nous tourna le dos pour ouvrir brutalement un tiroir.

«Qui t'a dit ça? L'une de tes copines bigotes à grande gueule?

– Et les deux derniers – une mère et son petit. Juste pour cinq kilos? Quel genre d'individu se rend coupable d'horreurs pareilles?»

Jayan fit claquer le tiroir si fort que l'armoire se fendit.

«Le genre à ne pas gâcher une bonne paire de défenses. Cet argent te permet de vivre heureuse.

– Oh oui ! Si heureuse ! Et où sont ces tas d'or ? Où les caches-tu donc ? Dans ta cabane ? Dans le cul de la vache ?

– Ne parle pas de ce que tu ne connais pas.

– Je sais que les gens pour qui tu travailles te prennent pour un chien. Pour moins qu'un chien. »

Je tentai de m'interposer.

« Ce n'est pas ça, Leela, ce n'est pas pour ces gens qu'il...

– Et *toi* (elle me fusilla du regard), tu es bien bête de le suivre. Tu crois qu'il fait ça pour nous ? Pour sa famille ? Non. Il veut effacer le passé. Montrer à tout le monde qu'il est un vrai héros. »

Je vis le poing de Jayan s'ouvrir et se fermer, exactement comme celui de mon père autrefois quand il allait céder à la violence. Mais le feu s'apaisa peu à peu, mon frère se retira en lui-même, là où les mots de Leela ne pouvaient plus l'atteindre.

« Viens, Manu, dit-il. Alias nous attend. »

Leela se tourna vers lui.

« Alias, qui est Alias ?

– Manu, allons-y.

– Attends. »

Elle fit un pas vers moi, avec un regard qui signifiait : *Tu n'es pas obligé d'y aller, tu n'es pas obligé de faire tout ce qu'il dit.* Nous restâmes à une distance bâtarde l'un de l'autre – ni près ni loin –, puis Jayan passa entre nous deux.

Le regard de Leela ne me lâchait pas. Je poussai un soupir désolé et tournai les talons.

« Eh bien, vas-y donc, lança-t-elle dans mon dos. Suis ton frère tout du long jusqu'à Mysore. Vois si leurs bracelets te conviennent ! »

Tandis que nous marchions, les paroles de Leela me trottaient dans la tête. Son visage ressemblait à celui d'une enfant accablée quand elle s'était adressée à moi, et elle me prenait sûrement pour un traître. Mais à quoi s'attendait-elle donc ? Deux frères vivant sous le même toit accordent leurs pas. Et puis, compte tenu du serment que j'avais fait à ma pauvre mère et de toutes ces années passées près de Jayan, comment aurais-je pu trahir mon propre sang ?

Jayan se lança soudain dans un monologue. « Si je lui avais tiré une balle par derrière, elle aurait jeté de la poussière sur ses blessures avant de me charger. Mais peut-être qu'elle se serait carapatée. » Je restai perplexe jusqu'au moment où je compris qu'il parlait de la mère éléphant.

« Quand même, elle serait revenue pendant qu'on prenait les défenses. Elles reviennent toujours.

– Ce qui est fait est fait », dis-je, ou une ânerie de ce genre.

Mais son silence me suggérait qu'il n'en aurait jamais fini, qu'il ne cesserait jamais de remâcher son forfait, maintenant que Leela le connaissait.

La lune était l'œil blanc et révulsé d'un mort. À cette heure, seuls les hommes empruntaient la route, pour aller retrouver des amis ou courtiser les ennuis. Avant le décès de Raghu, j'avais été comme eux, le pied et l'esprit légers. À cette époque-là, je ne pensais jamais aux éléphants assoiffés de sang.

Un car express traversa la nuit en rugissant, ses phares m'aveuglèrent et, bien que par le passé j'aie évité de nombreux véhicules semblables, celui-ci chargea, hurla en arborant une pancarte sur le pare-brise – PARUMALA THIRUMENI PRIEZ POUR NOUS –, m'enveloppa de lumière blanche et m'abandonna tout crispé dans son sillage, le cœur battant la chamade.

« Manu. »

Je vis Jayan qui, à quelques pas devant moi, me dévisageait avec inquiétude.

« Bon Dieu, pourquoi restes-tu planté là ?

– Le Fossoyeur arrive aussi vite ? demandai-je.

– Aussi vite que quoi ?

– Ce car.»

Jayan scruta mes traits sans bien comprendre.

«Peut-être. Comment le saurais-je ?

– Je croyais que tu savais tout.»

Il lâcha un soupir aussi chagriné que s'il déplorait à l'avance le pétrin dans lequel il allait nous mettre. (Ah, s'il en avait seulement deviné la moitié !) «Tu nous confonds.» Il pointa un index sur mon buste. «C'était toi le génie. Destiné à accomplir de grandes choses, aussi vrai que les velles deviennent des vaches.»

L'expression me fit sourire.

«Destiné à partir loin d'ici. Exactement comme il le voulait.» Il était rare d'entendre Jayan évoquer notre père sans l'insulter. «Tu étais son meilleur atout. Le seul promis à un bel avenir.»

Je me détournai de mon frère et du halo de ses paroles. Comme toujours, nos pas finissaient par s'accorder.

«Tu te rappelles ce qu'il disait de moi ? *Ce Jayan est moins utile qu'un tas de merde*.

– *La merde, au moins, ça fait pousser les plantes.* »

Jayan ricana, les insultes de notre défunt père nous réchauffaient étrangement le cœur. Accompagnés par le vacarme rauque des grenouilles nocturnes, nous nous plongeâmes chacun dans nos pensées.

«Je me souviens de la fois où tu m'as appris à tirer, dis-je.

– Vraiment ?

– Dans la forêt. Tu as posé une bouteille en plastique sur une bûche. Tu m'as montré comment fixer la partie arrière...

– La crosse.

– La crosse contre mon épaule. Tu m'as dit de respirer, de bloquer mon souffle, puis d'appuyer sur la détente.

Inspirer, bloquer, tirer. Mais j'ai oublié de bien caler la crosse. La seconde d'après, j'étais par terre, je regardais la cime des arbres et tu criais : *Tu l'as eue, tu l'as eue, Manu !* »

Ce fut l'un des moments les plus heureux de ma vie, pas celui où je compris que j'avais touché la bouteille, mais celui où mon frère prononça mon nom. Il le prononça avec étonnement et fierté, comme s'il le revendiquait et qu'il lui appartenait.

Jayan renifla d'un air méprisant.

« D'après mes souvenirs, tu visais aussi bien qu'un aveugle.

– Je l'ai touchée, je te jure !

– J'en doute beaucoup.

– Je m'en souviens, insistai-je. Je m'en souviens très bien. »

L'ÉLÉPHANT

Le Fossoyeur ne se sentirait jamais à l'aise dans le camion. Il le ballottait sur des routes menant à des festivals, des mariages, des bals et autres rassemblements, tandis que voitures et motos zigzaguaient au milieu d'un tonnerre de klaxons déchaînés. Dans le camion, un grondement incessant remontait par ses pattes, comme à l'approche d'un orage.

Parfois, lorsqu'il traversait un village à pied, les gens lui apportaient des friandises et des fruits. Cela ne le dérangeait pas, mais les foules, les foules compactes, elles l'avalaient dans leur mêlée, brandissant des gourmandises devant lui. *Tap, tap, tap*, faisait la trompe du Fossoyeur pour bénir les calvities naissantes ou les crânes pommadés qui se présentaient à lui. Les parents poussaient leurs enfants, de petites choses craintives, minces comme des arbrisseaux, qui approchaient avec une odeur de fauve.

Des hordes humaines se pressaient avec leur stupeur et leurs besoins. Le Fossoyeur les aurait mieux supportées si Parthasarathi l'avait accompagné, mais le vieil éléphant avait disparu trois jours plus tôt, emmené dans un camion. Dans chaque nouvel endroit, le Fossoyeur cherchait dans l'air une trace olfactive ou visible de la présence de Parthasarathi, toujours en vain.

Lourds le cœur et le fardeau, désormais porté seul. Le sort de Parthasarathi devint la préoccupation constante du Fossoyeur, le plongeant dans l'angoisse durant le musth.

Car le musth était une période sombre. Tous les quelques mois, le Fossoyeur était comme frappé par la foudre, son corps bouillonnait de rage, il haletait du désir de courir et de tout écraser, jusqu'au dernier homme et au dernier arbrisseau. Le Fossoyeur avait quinze ans, un âge auquel, en forêt, il se serait éloigné de son clan pour rejoindre les mâles, qui lui auraient appris comment charger et quand battre en retraite, comment attirer une femelle à l'écart de son clan (ou à deviner son rejet) et comment réagir au musth.

Sur la propriété d'Éléphant Sabu, quand le Fossoyeur était en proie au musth, les gardiens le maintenaient enchaîné entre les arbres. C'étaient des chaînes plus grosses que le *changala* qui entravait d'ordinaire sa patte ; ses pieds avant ainsi reliés à ceux de derrière, il ne pouvait plus faire un pas. La nourriture apparaissait dans une mangeoire, ou bien les gardiens la lui lançaient de loin, en restant invisibles pour le Fossoyeur.

Sur la route, le Fossoyeur subissait des accès de musth plus souvent qu'ailleurs. Un jour, cela arriva lors d'un mariage. Il portait paisiblement un jeune marié au milieu d'un défilé tapageur quand il se mit à arracher des citronniers, les danseurs et les percussionnistes se dispersant comme des fourmis, tandis que le jeune marié s'accrochait aux côtés du palanquin en hurlant de terreur.

Les pattes avant entravées à celles de derrière, le Fossoyeur regardait la course du soleil dans le ciel, tandis que l'ombre tombait des arbres. Il huma le caoutchouc des pneus qui passaient, le musc poussiéreux de l'oiseau perché sur son dos pour gober les moucherons. Autrefois, le Vieux s'accroupissait sous le Fossoyeur, le visage dans la direction de sa queue, tandis que l'éléphant tordait des feuilles dans sa bouche. Au fil du temps, le Fossoyeur avait appris à connaître la forme du dos du Vieux, chaque vertèbre jusqu'à la dernière. De temps à autre, le Vieux fredonnait.

Mais le Vieux ne s'accroupissait plus sous le Fossoyeur. Il avait le regard méfiant; l'homme était amaigri, un simple oiseau sur le dos du Fossoyeur.

Sans personne pour l'apaiser, le Fossoyeur se tourna vers ses souvenirs. Son esprit erra parmi les visages et les odeurs que, éléphanteau, il avait connus, l'oscillation de la queue d'un cousin, la senteur de lait caillé de l'haleine de sa sœur, un tas de côtes d'éléphant suggérant l'odeur ténue de la vie. Il passait ainsi des heures calmes et immobiles, tombant dans le passé telle une feuille dérivant vers le sol de la forêt. Ces remémorations l'affranchissaient des deux arbres, l'attiraient dans son monde intérieur, vers chez lui.

Il fallut deux jours pour que le Fossoyeur se remette de ce musth, et dix minutes pour le charger sur le plateau du camion, avant de partir vers une autre destination. À la tombée de la nuit, l'odeur de ses congénères le submergea cent mètres avant de les rejoindre. Il était presque arrivé chez lui.

Soulagé, il pensa aux jours à venir, à l'ordre restauré. Comme il dormirait bien en écoutant les ronflements de Parthasarathi ! Tous deux s'allongeraient au soleil tandis que le Vieux dirigerait le jet d'eau vers leurs flancs, leurs pattes et leur ventre, les gardiens lui gratteraient la peau avec une noix de coco et il sombrerait dans une sieste sans fond.

Le camion brinquebalait vers sa stalle quand le Fossoyeur discerna une odeur bizarre sortant de celle de Parthasarathi, qui était vide. Les gardiens bondirent de la cabine, s'étirèrent. Le Fossoyeur tendit la trompe en direction de la stalle de Parthasarathi et cette odeur inconnue le fit aussitôt reculer. La puanteur d'un étranger.

La vérité submergea le Fossoyeur comme un raz de marée : ils avaient emporté Parthasarathi. Ils avaient mis un autre éléphant à sa place. Parthasarathi n'était plus.

Il abattit sa trompe sur la cabine du camion. Il frappa de toute la force de ses huit tonnes, sourd aux cris des gardiens et aux grognements des autres éléphants, ses propres barrissements emplissant ses poumons comme de l'eau, jusqu'à ce qu'il n'en puisse plus.

Ils enfermèrent le Fossoyeur dans le camion durant des heures, sans nourriture. Lorsqu'il fut vidé de toute énergie, ils le firent entrer dans sa stalle sous la surveillance d'Éléphant Sabu, le Vieux dirigeant la manœuvre et émettant des sons réconfortants.

À un moment, Roméo céda à l'impatience et tira sur la chaîne.

Le Fossoyeur le jeta à terre. Pour l'éléphant, ce geste n'était guère qu'une tape ; pour Roméo, un coup qui le renversa comme un sac de sable. Tous les gardiens se figèrent, terrifiés. Le Fossoyeur sentit une bouffée de désespoir jusqu'à ce que le Vieux reprenne ses cajoleries, comme si aucun mal n'avait été fait, comme si aucune punition ne s'ensuivrait.

Éléphant Sabu chuchota quelque chose à Roméo, avec une grimace sinistre.

Roméo s'éloigna penaud, faisant profil bas.

Incapable de trouver le sommeil, le Vieux quitta son lit de camp et alla voir le Fossoyeur.

La silhouette immobile de l'éléphant se tenait entre les quatre parois de la stalle. Le Vieux resta à distance, incapable de dire si le Fossoyeur dormait ou non. Telle une comptine, le conseil de son père lui revint en mémoire : *Un éléphant qui dort debout est un éléphant inquiet.*

Il aurait pu frapper Roméo pour avoir ainsi maltraité le Fossoyeur, mais à quoi bon s'en prendre à ce bouffon édenté ? C'était Éléphant Sabu, le coupable de la réaction du Fossoyeur. C'était lui qui leur imposait autant d'événements, qui se succédaient avec l'implacable régularité de fleurs sur une guirlande. Éléphant Sabu voulait récupérer coûte que coûte la somme payée pour acheter le Fossoyeur, et puis ce qu'il avait perdu avec son Parthasarathi bien-aimé.

Le vieux Parthasarathi avait voyagé à l'arrière d'un camion dont le chauffeur habituel, grippé, était resté chez lui. Pour le remplacer, celui-ci avait envoyé ses fils, incapables et imbibés de rhum. Les gamins foncèrent sur un nid-de-poule et la tête de l'éléphant cogna contre la cabine. Après quelques kilomètres, un taxi arriva à la hauteur du camion et le conducteur hurla par la fenêtre :

« Arrêtez-vous ! Arrêtez-vous ! L'éléphant ne va pas bien ! Il vacille ! »

Dès qu'ils freinèrent, Parthasarathi tomba à genoux et s'endormit.

Installer un autre éléphant dans la stalle de Parthasarathi avait été l'idée d'Éléphant Sabu, un antidote possible à la solitude du Fossoyeur. Éléphant Sabu aussi fut attristé par la perte de son animal préféré, dont la photo apparaissait sur l'écran de son portable dès qu'il l'ouvrait. Il annula toutes les prestations futures de Parthasarathi, restitua toutes les avances déjà versées. Il intenta un procès aux frères ivrognes et se prépara à l'enquête de l'Office des forêts pour cruauté envers les animaux.

En achetant le Fossoyeur, Éléphant Sabu avait anticipé un avenir doré sur tranche, mais chaque perte ressemblait désormais à une pierre au fond de sa poche. Sa femme le poussa à faire travailler davantage le Fossoyeur. À quoi cela servait, demanda-t-elle, de garder à la maison un aussi bel animal ?

Éléphant Sabu décida donc de louer ledit bel animal aux temples, aux églises et aux processions de mariage, voire aux réunions politiques, tant les meetings marxistes que ceux du parti du Congrès, partout où les organisateurs étaient prêts à payer. Certains de ces margoulins trichaient sur la quantité de *panna* et d'eau qu'ils étaient censés fournir ; parfois, même les gardiens n'avaient pas de repas correct. Mani-Mathai ne se plaignait jamais quand son estomac grondait et protestait. Roméo, lui, menaçait régulièrement de tout plaquer.

Chaque fois que le Vieux tentait de raisonner Éléphant Sabu, il avait droit à un laïus interminable sur les frais faramineux inhérents au business des éléphants – l'eau, les médicaments, les honoraires du vétérinaire, rien que ça ! Trente flacons de glucose pour l'occlusion intestinale de Parthasarathi, plus quatre bouteilles d'infusion Hermin... sans même gagner une seule roupie... juste pour essayer de survivre...

Entre-temps, l'éléphant hochait la tête plus souvent que d'habitude, en suivant la mélodie de quelque sombre rythme envoûtant.

Certains gardiens prenaient des précautions, mettaient en douce de l'opium dans la nourriture de leurs éléphants pour engourdir les animaux durant le musth. Le Vieux n'allait pas aussi loin, pas encore, même si le silence du Fossoyeur lui rappelait ces premières journées difficiles dans l'*anakoodu*, lorsque l'éléphanteau oscillait entre cette vie et la suivante. À l'époque, l'éléphanteau s'attacha au Vieux et, au fil des ans, ils se partageaient les deux parties d'une seule et même conversation. Aujourd'hui, l'éléphant semblait enfermé tout seul dans une pièce.

Le souvenir du conseil d'Appachen lui revenait parfois en mémoire, chercher un autre travail, n'importe lequel. Mais le Vieux avait refusé ; c'était la tradition dans laquelle il était né, une route connue, aménagée pour lui par les générations précédentes. Même si cela n'intéressait plus personne d'autre que lui, il avait tenu à perpétuer la tradition.

Sornettes, avait rétorqué son père. Il n'y a plus aucun homme qui veuille être gardien, même pas les gardiens. Un laveur de toilettes gagne mieux sa vie que nous. Et les toilettes ne peuvent pas te tuer.

Mille étoiles brillaient dans le ciel au-dessus de lui, mais le Fossoyeur ne trouvait pas le sommeil. Il sentait une effervescence sous sa peau, une douleur dans ses défenses, jusqu'à ce que la brise lui apporte l'odeur du Vieux. Cette présence invisible, bien que brève, était une paume apaisante contre son flanc.

Bientôt, l'odeur du Vieux diminua, ses pas crissants s'éloignèrent.

Quelques instants plus tard, une autre odeur envahit les ténèbres. Le Fossoyeur identifia la brume chimique, la puanteur alcoolisée qui emplissait la bouche comme un fruit gâté.

Roméo émergea des ombres. Il entra dans la stalle du Fossoyeur et vaqua à de mystérieuses activités. Le Fossoyeur se sentit enchaîné, patte avant avec patte arrière. Quelque chose clochait – on l'enchaînait seulement en période de musth et en présence du Vieux. Où donc était le Vieux ?

Une fois les chaînes fixées, Roméo se campa devant le Fossoyeur. Sa silhouette sombre oscillait. L'éléphant ne distinguait pas bien Roméo, ni la fourche dans sa main, mais il sentit le monde se contracter autour de lui, une pression s'accentuer dans sa tête.

Le gardien donna un coup de fourche dans la patte du Fossoyeur. La douleur lui enflamma le flanc, brûlante, stupéfiante.

La même douleur le saisit là où il avait la peau la plus tendre, derrière l'oreille et sous la queue, puis au flanc et sur le ventre. Il n'y avait aucun répit entre une brûlure et la suivante, nul temps mort pour dissiper l'horreur, seulement la douleur et encore la douleur pendant que le gardien aboyait ses insanités, les odeurs mêlées d'alcool et de sueur rance exhalant de son corps. Le Fossoyeur échappa au gardien en se faisant de plus en plus petit, jusqu'à redevenir un éléphanteau, essayant de se cacher des mains qui l'arrachaient au flanc de sa mère. Cet enfer brouillé d'aboiements et de piques cruelles dura une éternité, jusqu'à ce qu'enfin le Fossoyeur hume une odeur d'espoir émergeant de l'obscurité.

Le Vieux était un magnifique ronfleur, capable de dormir durant n'importe quel orage. Mani-Mathai, lui, cherchait refuge sous son oreiller. Même une minuscule fuite dans le toit, d'où l'eau tombait goutte après goutte, suffisait à le maintenir éveillé durant des heures, les yeux écarquillés. Ainsi, les cris de l'éléphant le firent sortir en trombe de la cabane. Ce qu'il découvrit et entendit l'arrêta net dans la nuit.

C'est ce que tu veux ? *C'est ça ?*

À chaque question, son oncle plantait la fourche dans le flanc de l'éléphant.

L'esprit vide, Mani-Mathai laissa deux coups de fourche passer avant de se ruer dans la stalle et de flanquer un grand coup de pied derrière les genoux de son oncle. Roméo leva les poings tel un ivrogne, mais un coup dans les côtes suffit à le faire tomber. Il se recroquevilla alors en position fœtale, les mains sur le visage.

Mani-Mathai fut aussitôt submergé par l'ancienne peur des pères et des coups de fouet.

Roméo se releva, se pencha, une main serrée contre les côtes, l'incrédulité lui donnant soudain une voix de fausset. Tu m'as cassé une côte, espèce de brute épaisse !

J'en parle à Sabu Sir. Demain matin, je lui dis tout.

Vas-y donc ! ricana l'oncle. Il te répondra qu'on s'y prend comme ça ! On brise les animaux ! Tu crois qu'on les apprivoise avec des caramels ? Tu crois que le Vieux s'y est pris autrement ?

Il ne ferait pas ça.

Tu es prêt à le défendre mordicus. Mais qui te défendra quand la bête chargera ?

Le garçon regarda l'éléphant. Il soupirait ou acquiesçait, Mani-Mathai n'aurait su le dire.

Roméo prit une profonde inspiration avant de parler. Laisse-moi te dire une bonne chose. Tu désires l'amitié de l'éléphant, mais tu ne peux pas être ami et maître en même temps. Un éléphant ne ressemble pas à une vache ou à un cheval, tu ne peux pas le domestiquer complètement. Il restera toujours en partie sauvage. C'est la partie dont tu dois te méfier, celle qu'il te faut briser et briser encore.

Mani-Mathai baissa les yeux vers la fourche restée par terre. En secret, il avait toujours désiré que son oncle lui parle ainsi, d'égal à égal, pas comme à un gamin méprisable. Mais ce n'étaient pas les paroles qu'il voulait entendre, même si elles contenaient une lueur de vérité ; elles blessaient.

C'est notre boulot, ajouta Roméo. C'est ce en quoi il consiste. Alors, qui commande ? Toi ou lui ?

Le garçon ramassa la fourche, la soupesa entre ses mains. Pars, dit-il.

Comment ça, pars ? Est-ce que tu m'écoutes ?

Pars ! répéta Mani-Mathai, et il fit mine de donner un coup de fourche à son oncle. Les pointes acérées frôlèrent le poivrot, mais cela suffit à faire fuir Roméo dans la nuit.

La cinéaste

L'odeur de pourriture planait à des kilomètres, franchissait les fenêtres fermées, trouvait des brèches dans les murs. Elle s'insinuait dans les narines, s'enfouissait au fond des poumons, et respirer par la bouche ne servait à rien, tandis que nous roulions vers sa source répugnante.

Teddy, assis côté passager, braquait sa caméra sur Ravi, tassé dans l'angle opposé du véhicule. Bobin était installé au milieu, très droit et les genoux serrés, comme si le moindre contact avec la bonnette de mon micro eût été indécent. Pour les faire parler, je posai une question banale – « Où allons-nous au juste ? » –, à laquelle Bobin s'abstint de répondre en s'adossant à la banquette.

Ravi avait l'expression défaite, hagarde, d'un détenu. Il n'était pas d'humeur à discuter, encore moins sur un sujet déjà abordé moins de deux minutes plus tôt, alors que la caméra était malheureusement éteinte.

« Nous allons pratiquer l'autopsie d'un éléphant mort, à Sitamala, avait-il déclaré. Le but est de déterminer la cause de la mort et, s'il s'agit de braconnage, de retrouver la balle de fusil avant de transmettre notre rapport à la police.

– Et si vous ne récupérez pas la balle?

– La police classera l'affaire sans suite. Tout le monde compte sur moi pour la trouver, y compris le gardien-chef du Refuge de vie sauvage.»

J'attendis, laissant l'esprit de Ravi vagabonder à sa guise.

«Le pire, c'est quand la balle est logée dans la tête. L'intérieur d'une tête d'éléphant est un labyrinthe de tunnels et de cavités, comme un rayon de ruche. Le projectile peut rebondir par-ci par-là, aller n'importe où...

– Croyez-vous qu'il s'agisse du même éléphant qui a tué ce garçon à Sitamala?

– Non. Je vous l'ai déjà dit.»

Il se passa la main sur le visage.

«Le Fossoyeur est un mâle de plus de trois mètres au garrot. Celui-ci est plus petit – nous le savons grâce à la circonférence de ses traces. Il n'y a aucun lien.

– Mais le Fossoyeur a bel et bien tué ce garçon à Sitamala.

– Il semblerait, mais...»

Il secoua la tête.

«C'est bizarre que le Fossoyeur revienne ici, après tant d'années.

– Le bambou l'explique peut-être. Ainsi que vous l'avez suggéré.

– Possible. Comme il est possible qu'il sache que vous voulez le filmer, et que ça le rende dingue.»

Bobin nous gratifia d'un de ses rares sourires. Teddy garda la caméra braquée sur le visage de Ravi en se préparant à la baisser, quand je demandai:

«Avez-vous déjà vu le Fossoyeur?»

Nous franchissions un virage où une touffe de longues herbes, poussant presque à l'horizontale au versant de la colline, s'immisça par la fenêtre ouverte de Ravi. L'air absent, il laissa ses doigts courir parmi leurs tiges.

« Il y a longtemps. À l'époque où on l'appelait Sooryamangalam Sreeganeshan. C'était l'éléphant le plus célèbre dans les temples. On voyait sa photo sur les calendriers, les cartes postales. Il était même question qu'il apparaisse dans un film.

« Toute ma famille est allée le voir lors d'une fête. Neuf éléphants, qu'ils étaient, tassés dans un temple prévu pour en accueillir seulement trois. Il y avait si peu de place qu'ils étaient collés les uns contre les autres et, Sooryamangalam Sreeganeshan étant le plus grand de tous, on l'avait mis au milieu. Durant toutes les bénédictions et les prières, il hochait la tête sans arrêt, sans raison visible. J'ai demandé à ma mère pourquoi il faisait ça. Elle m'a répondu qu'il était content, qu'il entendait une chanson dans sa tête. Vous imaginez une chose pareille ? Seul un *bhranthan* hocherait la tête ainsi.

– Un *bhranthan* ? »

Perdu dans ses pensées, Ravi regardait par la fenêtre comme si les neuf éléphants hochaient ensemble la tête au loin.

« Un fou », traduisit Bobin.

L'éléphant mort semblait aussi énorme et irréel qu'un char de carnaval à demi dégonflé, effondré sur des pattes repliées et caoutchouteuses. Son menton gisait dans la poussière ; sa trompe était tendue devant lui, les commissures de sa bouche relevées en un petit sourire pervers.

Ravi et Bobin remontèrent la fermeture Éclair de leur imperméable. Ils mirent des tabliers en latex, glissèrent leurs mains dans des gants. Un autre assistant, soucieux de se protéger encore plus, dissimula sa tête sous un casque de motard.

Ils localisèrent et photographièrent le trou, aux bords noirs et déchiquetés, fait par la balle dans le flanc de l'éléphant, derrière l'épaule gauche. Mais le projectile était enfoncé beaucoup plus profond, petite libellule enfouie quelque part dans cet amas de chair.

Teddy s'approcha tandis que Ravi enfonçait un bâton dans le trou aux bords brûlés pour essayer de déterminer la trajectoire de la balle. Bobin brandissait un détecteur de métal, qu'il agita autour de la blessure jusqu'à ce que la machine émette des signaux sonores frénétiques. À cet endroit, Ravi traça un T.

Avec un scalpel X-Acto, Ravi découpa un carré de derme, aussi épais qu'un paillasson, qu'il ôta. On voyait maintenant une couche brillante de graisse et de muscle, marbrée de rose, et, au centre, le trou brûlé semblable à une étoile noire qui se serait frayé un chemin à travers les chairs en tournant sur elle-même pour élargir le passage. Je m'approchai derrière Teddy. La puanteur du pus m'emplit la bouche.

Ils ouvrirent le flanc de l'animal à l'aide d'une scie, qui faisait le bruit d'une fermeture Éclair montant et descendant. Avec des pinces, ils écartèrent les grandes plaques luisantes du muscle interne et le sang se mit à couler à flots. Ils découpèrent les énormes ballons humides des organes, explorèrent les boursouflures flasques de l'intestin grêle, les concrétions de graisse en forme de choux-fleurs.

Les heures passèrent, mais toujours pas de balle.

En milieu d'après-midi, les effluves nauséabonds distillés par la chaleur devinrent irrespirables. Faisant une pause pour changer de bande magnétique, je m'éloignai de la charogne avec Teddy, quand Mme Hakim arriva sur un étroit accotement, un mouchoir pressé contre la bouche, suivie d'un agent de l'Office des forêts aux badges étincelants et à la moustache aussi mince qu'une lame de couteau. Elle considéra la scène – le cadavre, Ravi, Bobin, les gardiens –, puis son regard inexpressif se posa sur nous. Je lui adressai un signe de la main. Elle l'ignora.

Prenant en charge l'autopsie, Mme Hakim ordonna à Ravi de la rejoindre. Elle discuta calmement avec lui, il acquiesça à tout ce qu'elle dit, mais il cessa bientôt de hocher la tête. Il la dévisagea, puis regarda le sol, apparemment sans voix. Tous deux restèrent là, immobiles, telle l'image arrêtée d'une scène cruciale, scène que nous allions rater complètement si Teddy ne se dépêchait pas de changer sa cassette.

Dès que nous nous levâmes pour les rejoindre, leur discussion s'interrompit. Mme Hakim et Ravi se séparèrent, lui rejoignant l'éléphant mort, elle se dirigeant vers nous.

«Teddy. Emma.» Elle arbora un sourire de pure convenance. «Vous devez être fatigués. Laissez-moi vous ramener au Centre.»

Je lançai un bref coup d'œil à Teddy: nous refusions tous les deux.

«Oh... eh bien, nous préférerions rester jusqu'à ce qu'ils aient terminé.

– Ils ont terminé, c'est ce que je leur ai dit.

– Alors nous rentrerons avec l'équipe, dis-je.

– Non, ils doivent d'abord déposer les prélèvements de tissus au labo, et me retrouver ensuite.

– Nous pourrions filmer tout ça, suggéra Teddy. Cette réunion serait l'occasion de...

– Non», trancha Mme Hakim avec une grimace d'amabilité, comme si le fait d'interrompre ainsi son interlocuteur la peinait.

«Pas de caméra pendant la réunion.

– C'est donc fini? dis-je. Pas de balle? Nous renonçons?»

Mme Hakim acquiesça, étrangement ravie de cette conclusion.

Je me tournai vers Ravi, perché sur un escabeau, les bras plongés jusqu'aux coudes dans les chairs sanguinolentes. Il se retourna, lança : « Allez-y. Je vous retrouverai au Centre. »

Teddy réussit à filmer Mme Hakim nous expliquant qu'on n'avait pas retrouvé la balle, que des gardes surveilleraient le cadavre pendant la nuit et qu'on le brûlerait le lendemain. Dès que Teddy éteignit la caméra, elle nous fit signe de la suivre. « Allez, venez, s'il vous plaît. Cette odeur est insupportable. »

À environ quatre cents mètres de l'éléphant, Teddy insista pour que la Jeep s'arrête et qu'il puisse installer le trépied afin de filmer un dernier plan – la paroi nue des montagnes violettes, avec, au premier plan, la colline de l'éléphant mort. Durant le restant du trajet, il bombarda Mme Hakim de questions, auxquelles elle réagit avec un visage aussi inexpressif qu'un mur. Je restai silencieuse, remâchant ma frustration, convaincue que nous rations un élément essentiel de l'histoire et que pour rien au monde Mme Hakim ne nous l'aurait révélé.

Le lendemain matin, au Centre, Ravi demeura invisible. Je lui adressai quatre textos, d'abord décontractés et simplement curieux, puis pressants. Je sautai le petit déjeuner et, pour m'occuper, regardai les rushes.

Teddy entra et se jeta sur mon lit en retenant mal un rot. « La mère de Bobin nous a préparé des croquettes. »

Mon pouce frappa la barre d'espacement, arrêtant l'image sur Ravi au milieu d'une phrase, les lèvres pincées. D'ordinaire, j'aurais sauté sur l'occasion de déguster des croquettes : une panure croustillante, de minces tranches de viande chaude. Mais j'avais le ventre noué, les nerfs à fleur de peau.

« Je peux rien manger en ce moment.

– Détends-toi un peu.

– Je suis détendue.

– Tu as la jambe qui tremble.»

Je saisis mon genou et l'immobilisai.

«Tu crois qu'il nous cache quoi?

– Une bonne surprise, j'espère. Pourquoi es-tu si énervée?

– J'aimerais bien être sûre qu'il n'est pas malhonnête avec nous.

– Peut-être que c'est pas un type honnête. Peut-être que c'est ce qui fait de lui un personnage intéressant.»

Pour moi, il était plus qu'un simple personnage. Et, me semblait-il, je méritais la vérité; son honnêteté était la mesure du respect qu'il avait pour moi, la preuve que je n'étais pas une fille quelconque qu'il avait emballée pendant une période creuse de son métier si prenant.

«Emma. Ça va?»

Je clignai des yeux face à l'écran. «Ce plan est un peu sous-exposé. Un peu sombre.»

Teddy roula sur le côté, s'approcha.

«Ouais. Merde. Tout ce mur blanc en arrière-fond. J'aurais dû le virer du cadre.

– C'est quand même de l'or.»

Je tapai sur la barre d'espacement. Ravi s'anima soudain.

... et l'animal le plus redouté de l'homme primitif était le mâle à la défense brisée. C'étaient les bêtes les plus furieuses, les plus irritées, les plus douées pour les épisodes d'une violence extrême. Pourquoi croyez-vous donc que l'homme primitif a choisi d'adorer Ganesh, l'éléphant à la défense brisée? Parce que la peur et l'adoration sont les deux faces de la même médaille.

Vers midi : le couinement du portail rouillé. Teddy bondit du lit, où il rêvassait derrière *Le Documentaire à l'ère numérique*, un livre dont il n'avait pas tourné une page depuis une bonne demi-heure. Chacun prit son équipement puis se rua vers la porte.

« La salle d'examen », dit Teddy.

Il s'élança avant que je puisse suggérer de nous retrouver à la Jeep de Ravi.

La salle d'examen était vide quand nous installâmes notre matériel dans un coin éloigné de l'entrée.

« Il s'arrête toujours ici en arrivant, chuchota Teddy.

– On devrait lui dire qu'on filme.

– Ce sera super de le surprendre dans son intimité.

– Mais c'est une sorte d'embuscade... »

Teddy m'intima le silence comme un instituteur et m'ordonna de dissimuler un peu mon micro. Nous attendîmes, et je pensai à Helen Levitt prenant ses photos à New York, équipée de son viseur d'angle qui lui permettait de dévisager les passants. D'habitude, des enfants menus et frêles.

Ravi ne nous vit pas tout de suite. Il posa son sac sur le plan de travail. Il se laissa tomber dans un fauteuil contre le mur, les coudes sur les genoux, les mains pendant dans le vide. Il resta immobile, le regard absent, durant plusieurs minutes, sans cligner des yeux. Voyant Teddy régler le zoom et braquer la caméra sur Ravi, je ressentis une bouffée de loyauté. Je me raclai la gorge.

Ravi leva brusquement la tête et nous découvrit. Je me souviens d'une image de Levitt où un enfant semble résister à l'attention de la photographe. Une adolescente renfrognée, peut-être âgée de quatorze ans, aux yeux cernés, un pli méprisant entre les sourcils. Elle soutient le regard de Levitt, s'en méfie, la déteste. Ce fut précisément cette expression dont nous gratifia Ravi.

« Bon Dieu, que faites-vous ici ?

– Nous voulions vous filmer entrant dans la salle, dis-je en évitant le coup d'œil furieux de Teddy. Nous pensions que ce serait plus authentique ainsi. Sans que vous sachiez que nous étions là. »

Ravi rejoignit l'évier. « Arrêtez ça tout de suite. Ce n'est vraiment pas le moment. »

Ting ! La caméra ferma son œil scrutateur.

Teddy et moi restions là, sans but, penaudes fleurs de papier peint. Sans se préoccuper de nous, Ravi ouvrit son sac molletonné, en sortit un rouleau de scalpels serrés par un élastique qu'il disposa sur le plan de travail, près de l'évier. Argent mat sur feutre écarlate. Je m'approchai ; certaines lames étaient striées de sang.

« Attendez », dis-je pendant que Ravi continuait de s'activer, ouvrant le robinet, réglant le débit pour qu'un filet d'eau coule sur l'acier.

« Vous revenez de l'autopsie ?

– Oui. Nous avons trouvé la balle ce matin.

– L'autopsie que vous avez terminée *hier* ? »

Il prit un savon entre ses mains et acquiesça.

« Mais Samina a dit que vous brûliez le cadavre ce matin. »

Je regardai sa nuque, les épais tourbillons de cheveux.

« J'ai décidé de poursuivre les recherches. Je vous l'ai déjà dit, la balle est très importante.

– Pourquoi ne m'avez-vous pas réveillée ? »

J'entendis ma voix devenir perçante, j'étais trop furieuse pour me soucier de ce que Teddy penserait.

« Pourquoi ne nous avez-vous pas emmenés avec vous ?

– Hier, vous avez déjà filmé toute la journée, dit Ravi. J'ai pensé que vous seriez trop fatigués.

– Merci de votre sollicitude.

– Où est le problème ? C'est une bonne chose que je l'aie trouvée.

– Et cette réunion avec Samina ? Pourquoi nous avoir tenus à l'écart ? »

Teddy s'approcha, parla d'une voix calme, agréable. « D'accord pour qu'on vous filme en train de nettoyer les scalpels, Ravi ? Ça vous irait ? »

Il accepta en haussant les épaules. Il passa chaque lame sous l'eau du robinet, en l'essuyant avec un chiffon. Teddy filma l'eau rougie coulant au fond de l'évier. Il réussit même à faire dire à Ravi qu'il avait trouvé la balle, à lui faire répéter cette phrase où il décrivait la tête de l'éléphant comme un rayon de ruche. Tout ce temps-là, Ravi ne m'accorda pas le moindre regard, se contentant de glisser chaque scalpel X-Acto, avec précision, dans son étui.

LE BRACON-NIER

Notre dernière tâche, avant la chasse du lendemain, consistait à retrouver Alias dans une maison de thé. Beaucoup de clients vautrés sur de longues tables en bois, un chaos de miettes et de tasses en verre, certaines remplies de *chai*, d'autres contenant des bougies allumées dont la lueur jouait sur la tôle froissée du plafond. Des mouches décrivaient des cercles autour d'une seule ampoule. En dessous fumait une grosse marmite aux flancs noircis, léchés par les flammes.

L'air empestait la friture, mais pour une fois mon frère n'avait pas faim. On s'assit au bout d'une longue table avant de parler à voix basse. Je ne pus m'empêcher d'observer les moignons boursouflés de notre complice qui tenait un samosa dans la griffe de ses trois doigts restants. Ses favoris luisaient de graisse quand il me salua d'un signe de tête.

« C'est le troisième ?

– Mon frère, précisa Jayan.

– On a besoin d'un quatrième.

– Non. Seulement nous trois. Manu peut tout porter.»

Alias m'examina de la tête aux pieds, comme ma mère aurait détaillé un voyageur de commerce vendant des babioles. «Si tu le dis.»

Il décrivit l'endroit où nous entrerions dans la réserve de Kavanar, ses doigts traçant notre itinéraire parmi les veines du bois de la table. Il était en cheville avec un garde forestier qui nous laisserait passer à la lisière de la ferme du vieux Raman (à l'insu de ce dernier), juste à l'est du banian mort après avoir été foudroyé. De là, Alias trouverait aisément la piste de l'éléphant. Il se vexa quand je lui demandai:

«Comment, exactement?

– Le Fossoyeur boite, dit-il. Il a une patte arrière qui se débine.»

Alias imita la démarche de l'éléphant sur la table en plaçant une main sur l'autre.

«Si la terre est assez humide, ce sera aussi facile que si on lisait sa signature.

– Et si le temps est sec? demandai-je encore.

– On continuera de chercher. Une expédition de ce genre dure parfois une semaine.»

Je me renfrognai à cette perspective, mais mon frère opinait du chef.

«C'est notre boulot, confirma Jayan. On rentrera seulement quand il sera terminé.»

Et si, voulus-je encore savoir, ce cousin garde forestier n'était pas aussi loyal qu'Alias le pensait? Était-ce un cousin au premier degré ou très éloigné?

«Jayan, dit Alias qui me fusillait du regard, t'aurais pas un autre frère? Même une sœur ferait l'affaire.»

Jayan siffla entre ses dents, réclamant le silence. Le préposé aux samosas nous reluquait sous l'auvent poilu de ses sourcils. Il tira plusieurs beignets grésillants hors de la marmite avec une écumoire aussi grosse qu'une rame, puis il les fit tomber dans la passoire.

Alias demanda à mon frère s'il avait une arme. Jayan grogna. Pour sa part, Alias prendrait son célèbre fusil en bois de rose.

« Et moi ? dis-je.

– Tu portes notre barda, répondit Alias. La literie, les couteaux.

– Pas de lames, protesta Jayan. Je t'ai prévenu.

– Pas de lames, mon cul ! »

Alias se pencha en avant en faisant une grimace qu'il avait sans doute peaufinée dès sa naissance.

« Ces défenses doivent bien peser quarante kilos pièce. Tu veux que l'Office des forêts les ajoute à sa collection ?

– Je me fiche de ce qu'ils en font. »

Jayan fixa la table, en évitant soigneusement de croiser mon regard.

« C'est plus pour moi.

– Ça prendra une demi-heure, maxi. Trente mille roupies. Viens pas me raconter que tu sauras pas quoi faire de la moitié de ce fric. »

Jayan maugréa en regardant le feu sous la marmite. D'un large revers de sa main à demi amputée, Alias balaya toute objection.

« C'est tout ? » m'étonnai-je. J'avais espéré des explications plus approfondies sur la façon de pister ou d'appâter notre proie, non par lâcheté mais en guise de préparation, car je n'étais pas pressé de perdre l'un de mes doigts ou une autre partie de mon corps.

« Y a rien de plus à savoir ?

– Tout ce que t'as besoin de savoir, dit Alias en se penchant vers moi, c'est que si un truc foire, tu te barres en courant. »

Une chose poilue passa sur mon pied. Je bondis en l'air, fis vaciller les verres tandis qu'un chat de gouttière jaillissait de sous la table, le dos arqué et miaulant d'indignation. Quelqu'un le chassa dans la nuit.

Tous les yeux injectés de sang se braquèrent sur moi. Alias arbora son premier sourire torve de la soirée. «Tu veux prendre un peu d'avance ?» dit-il avant de rire si fort de sa blague que je compris qu'il était resté trop longtemps en forêt.

Après le départ d'Alias, Jayan et moi allâmes dans un tripot où la foule des clients dégageait la puanteur de multiples aisselles. Ils assenaient de grandes tapes sur les épaules de mon frère, prononçaient son nom avec un enthousiasme spectaculaire. Je voyais bien qu'il était quelqu'un ici ; il leur appartenait. J'étais simplement son frère, mais ce lien me valait une certaine considération, et je jouis de leur odorante camaraderie.

Toute la nuit je bus dans un verre crasseux. La gnôle locale me brûlait l'estomac, m'ôtait tout souci, tout poids. Je me rappelle l'allègre cacophonie des chansons, les soucoupes d'achards au citron très pimentés. Je me rappelle m'être réveillé sur l'épaule pointue d'un type maigre, en me sentant beaucoup plus lourd qu'en début de soirée.

«On a cru que t'étais mort, dit le maigrichon en léchant avec passion ses doigts couverts de sauce. Essaie les condiments, Petit Shivaram, ça va te requinquer.»

Je demandai où était Jayan. Le type me montra deux arbres tout tordus, où mon frère se soulageait. Je me levai avec difficulté, puis rejoignis la sortie en vacillant et attendis – il semblait arroser la forêt tout entière ; je regardai le ciel bleu marine qui contenait tant d'étoiles que j'espérai en voir enfin tomber une.

«Elles ne tombent jamais quand tu aimerais qu'elles le fassent», dit Jayan.

Certes, et pourtant... Être à côté de mon frère, à la dérive dans ce vaste courant de silence, me suffisait.

« Si on rentrait ? proposai-je enfin.

– Dans un petit moment.

– On a dit à Leela qu'on tarderait pas. »

Jayan grogna. « Toi, tu retirerais pas une seule écharde de ton pied sans lui demander la permission, hein ? » Il fit quelques pas vers le tripot, puis s'arrêta au milieu de la route en s'apercevant que je ne le suivais pas.

« Allez, viens.

– Laisse-moi passer.

– Seulement si tu me suis.

– Mais Leela...

– Ta nounou ? T'en fais pas pour elle. »

D'habitude, son ton méprisant m'aurait humilié. Mais à cause de mon mal de tête et de ma nausée, je ne voyais pas l'intérêt de rester ensemble, même si ce devoir m'incombait sans cesse et à moi seul.

« Je rentre, dis-je.

– Fais pas ta chochotte, on s'amuse ! »

Je fis mine de m'éloigner ; il me coursa et posa un bras de plomb sur mes épaules. Je le repoussai.

Son visage feignit l'indifférence. « Va donc la retrouver. C'est toi qu'elle désire voir. Elle dit toujours que tu es tellement intelligent, que la fille qui t'aura sera une sacrée veinarde. »

Je lui demandai de cesser ses âneries, même si je mourais d'envie d'en entendre davantage.

Son regard se perdit vers le bout de la route comme s'il pouvait discerner son avenir dans les ténèbres.

« Ma femme n'a nullement besoin de moi.

– C'est à elle d'en décider. Pas à toi.

– Tu l'as entendue. Je ne suis plus bon à rien, non ?

– Tu travailles à la ferme comme moi.

– Dans ce cas elle pourrait se trouver un autre journalier. Un journalier qui ne pâtirait pas de toute l'agressivité qu'elle me manifeste.

– Ça suffit, faut qu'on se lève tôt demain.

– En prison (Jayan secoua la tête d'un air troublé), je croyais que j'en sortirais changé. Mais quand j'ai été libéré, j'ai vu que c'était le monde qui avait changé. Et moi, je suis resté le même.»

D'un coup, je redevins un enfant craintif, explorant la terre stérile du visage de mon père, les puits jumeaux de ses yeux.

«Arrête tes jérémiades, dis-je. Allons-y.

– Vas-y, toi.»

Sur des jambes flageolantes, il rejoignit en vacillant l'étreinte lointaine des voix avinées. Il me sembla inaccessible, aussi énigmatique qu'un personnage dans une fable.

Je titubai jusqu'à la maison. Bien entendu – mais il est nécessaire de le préciser –, je n'avais nullement l'intention de séduire la femme de mon frère. Non, rien de tel. Je savais seulement que je voulais prouver quelque chose à Leela, et cet objectif me poussait en avant sur la route éclairée par la lune. L'alcool ralentissait mes pas. À un moment, un arbre pervers dressa une racine devant moi et me fit tomber à plat ventre. Il me sembla alors que la forêt tout entière se liguait contre moi pour m'empêcher d'avancer.

Mais j'atteignis mon but. Je me lavai les pieds à la pompe avant d'entrer. Leela sortit de sa chambre, m'accueillit d'une voix aussi douce que la rosée – «Tu es revenu?» – et je pensai qu'elle m'avait sûrement pardonné.

«Où est Jayan?

– Il arrive, dis-je en sentant mes lèvres étrangement engourdies. Il revient. Plus tard.

– Tu l'as laissé?

– N'est-ce pas ce que tu désirais?»

Elle croisa les bras. «Alors comme ça, tu te soucies de mes désirs?»

Je commençai à protester, mais elle me fit taire et regarda vers la chambre de ma mère. «J'ai besoin de boire quelque chose. Viens avec moi.»

Je croyais qu'elle parlait d'une tasse de lait chaud, pas du vin de groseille de ma mère. Elle remplit deux verres, puis posa la bouteille entre nous sur la table de la cuisine. Ma mère était très fière de ses breuvages maison et elle refusait de nous écouter quand nous la suppliions d'expérimenter avec un fruit plus doux. Une seule gorgée de ce cru suffisait pour vous mettre la bouche en feu.

Leela semblait très bien savoir ce qu'elle voulait. Elle fit cul sec, puis ferma les yeux tandis que le vin lui faisait tourner la tête comme une vieille chanson. Les yeux toujours clos, le menton dans la paume, elle se mit à tapoter un rythme sur la table, et je la regardai comme je ne l'avais jamais regardée auparavant, avec une sorte d'ardeur non dissimulée.

Nos regards se croisèrent, je soutins le sien. Qui aurait dit que le vin de groseille pouvait être l'élixir même de l'audace? Si elle comptait me demander pourquoi je la dévisageais ainsi, si elle tenait à connaître la vraie nature de mon sentiment profond, alors qu'il en soit ainsi: j'étais prêt à avouer.

«Il mijote quelque chose, pas vrai?»

Je fus bien sûr dépité par sa question. Et surpris aussi par son ton désinvolte, contrastant avec son inquiétude habituelle.

«Il compte s'arrêter ensuite.

– Il s'arrêtera quand les poules auront des dents.»

Elle émit un rot sonore et se tapota le buste.

«Quand comptez-vous partir?

– Pourquoi veux-tu le savoir?

– À ton avis? Lorsque Madame reviendra ici, comment pourrai-je lui mentir sans connaître la vérité?»

Leela s'adossa à sa chaise, blessée par mon hésitation.

«Crois-tu que je vais cracher le morceau au premier poissonnier qui passera dans le coin?

– Y a pas de poissonnier au village.

– Fais pas semblant de pas comprendre.

– Tu pourrais cracher le morceau à maman, ce qui serait pire.

– Je lui ai rien dit à propos de ta petite amie.

– Ma petite amie ? Laquelle... ? »

Elle fit la moue.

« Peu importe. Tu as confiance en moi, ou pas ?

– Oui. Non. »

À cette heure, j'avais la tête si embrumée qu'elle aurait pu me convaincre de n'importe quoi. « Nous partons mercredi. Demain. À l'aube. »

Elle remplit mon verre.

« Toi et qui d'autre ?

– Un certain Alias. »

Trois fois, très vite, elle cligna les yeux en entendant ce nom.

« Tu le connais ? »

Elle secoua la tête.

Leela voulut savoir tous les détails, depuis l'endroit où nous entrerions dans la Réserve jusqu'à ce que nous mangerions, ce qui relevait seulement, d'après moi, de la curiosité excessive d'une épouse.

« Tu connais le banian mort à la lisière de la ferme du vieux Raman, celui qui a été fendu en deux par la foudre ? C'est là qu'on entrera. »

De temps à autre, elle acquiesçait faiblement, comme si elle m'écoutait à demi.

Lorsque la bouteille fut vide, elle la fit tourner entre ses mains. Elle murmura quelque chose à propos de minuscules bateaux qu'on faisait entrer dans des bouteilles comme celle-ci. Je n'étais pas très attentif. Mes yeux restaient rivés à son ventre, insistant doucement sur le devant de sa chemise de nuit.

« Il donne des coups de pied ? » demandai-je.

Ma question la surprit.

«Une seule fois, dit-elle à voix basse. Depuis, plus rien.

– Laisse-lui un peu de temps.»

Elle posa sur moi ces yeux qui me fendaient le cœur. Pour une fois, ils étaient sans reproche, seulement pleins d'espoir, comme si mes paroles détenaient le pouvoir d'une prémonition.

J'aurais dû m'arrêter là. Je n'aurais pas dû avancer sur mon siège et lui demander :

«Je peux ?»

Son front se plissa. La honte la submergea, tardive mais terrible. J'eus envie qu'elle lève la bouteille et me la fracasse sur le crâne.

Mais elle serra les mains contre son bas-ventre comme si elle berçait un cadeau.

Aussi léger fût-il, son hochement de tête fut une invitation.

Je m'assis au bord de ma chaise et plaçai mes paumes contre sa taille. Elle se tenait très droite et immobile. Je sentis le garçon, je le sentis bouger et se retourner comme pour me saluer. Des esprits plus élevés déclareraient sans doute médicalement impossibles de tels mouvements du fœtus, mais que vaut le langage de la science quand les mystères de la vie sont en jeu ? Je fus captivé par ce garçon grand comme un doigt. Je fus aussi fasciné par sa mère : son odeur, son contact velouté. Tant d'années de frustration, plus le whisky et le vin, transformeraient n'importe quel homme en animal, même si je n'ai aucune excuse pour ce que je fis alors. J'ai oublié certains détails, mais je me rappelle ses cheveux, son odeur, la violente humidité de son cou, l'amertume de sa joue et, même si je connaissais son visage, l'angle prononcé de sa mâchoire me parut nouveau. Vue d'aussi près, elle ne ressemblait à rien de ce que j'avais imaginé, et elle était pourtant parfaite. Elle était tout, absolument tout.

Elle chuchota quelques mots que je ne saisis pas. J'écartai mon visage à quelques centimètres du sien.

« Oblige-le à rester », dit-elle.

Je m'écartai encore pour mieux voir ses traits. Ses yeux, si rêveurs un instant plus tôt, avaient viré au noir et au désespoir. Je tentai de m'éloigner, mais elle s'agrippa à mon bras.

« Convaincs-le de laisser tomber tout ça. Tu es le seul à pouvoir le faire. »

Je reculai à l'écart de ses doigts fébriles, serrai le bord de la table. Son visage était une pitoyable supplique. Elle était prête à tout. À tout.

Je trébuchai dans la nuit. Je me soulageai le ventre sur la terre, mon estomac hurlait de douleur, je chassai tout sauf le souvenir de ses yeux quand je m'étais écarté d'elle, leur expression de fatigue et de résignation typique des vieilles veuves.

Je sombrai bientôt dans le sommeil. Je soupçonne Leela d'être restée éveillée encore un moment. Je ne la vis pas prendre la carte de visite de Samina Madame dans la boîte en fer-blanc où elle avait gardé les lettres de prison de Jayan. Je ne l'entendis pas décrocher le combiné entre ses mains tremblantes, puis faire tourner le cadran du téléphone comme le barillet d'un revolver.

Je suis sûr que Leela voulait seulement effrayer mon frère. Elle refusait que son bébé endure des souffrances identiques aux siennes, et il n'existait pas une seule chose entre le paradis et l'enfer qu'elle n'aurait pas faite pour lui. Ses actes pousseraient ensuite beaucoup de gens à la traiter de serpent et de traîtresse, mais ces détracteurs n'avaient pas entendu ce qui me réveilla plus tard dans la nuit, ses pleurs incessants, alors qu'elle ignorait qu'il s'agissait seulement du prologue de son chagrin.

L'ÉLÉPHANT

Pour l'anniversaire du garçon, le Vieux lui acheta un Chocobar. Mani-Mathai le lécha si lentement et avec tant de soin que la glace se mit à fondre en ruisselets poisseux sur son poignet. Ensuite, il garda le bâtonnet et le posa sur le rebord de la fenêtre, au-dessus de son lit de camp, lequel avait appartenu encore très récemment à son oncle.

Hormis ce cadeau, la journée se déroula comme toutes les autres. Nourriture, repos, bain de boue, lavage dans la rivière. Après le départ de Roméo, remplacé par l'un des gardiens de Parthasarathi, l'atmosphère se détendit. Personne ne connaissait la raison de son départ, mais le Vieux remarqua qu'en l'absence de Roméo une affection nouvelle semblait relier Mani-Mathai et l'éléphant, dont la trompe s'arquait en point d'interrogation dès que le gamin approchait. Un jour, le Vieux regarda le garçon lever le bras et poser la main sur la joue de l'éléphant, comme pour le rassurer. Ce geste montra au Vieux que Mani-Mathai lui cachait quelque chose, peut-être en rapport avec le départ soudain de son oncle.

Cet après-midi-là, le vent soufflait fort. Mani-Mathai aurait pu s'asseoir dessus et s'envoler, croyait-il. Cette remarque arracha un sourire au Vieux, qui lui dit de filer à la cuisine chercher des noix de coco pour le bain.

Mani-Mathai traversait la cour en trottinant quand la voix de Roméo, aussi brutale qu'un coup de feu, l'arrêta net.

Garçon !

Inquiet, Mani-Mathai se retourna lentement. Son oncle souriant marchait dans l'allée en exhibant sa dentition trop parfaite. Un sac plastique bleu pendait au bout de son bras.

C'est ton anniversaire aujourd'hui, non ? Regarde... J'ai pas oublié.

Roméo agita le sac comme un appât. Mani-Mathai demanda ce qu'il contenait.

Son oncle en sortit un paquet aux couleurs vives portant le mot BALLE écrit en rouge dessus. Tu aimes les pétards, pas vrai ? Ceux-ci vont faire battre ton cœur à cent à l'heure...

Le Vieux n'autorisera pas les pétards. Il dit que les éléphants ont déjà assez de bruit dans les oreilles quand ils travaillent ; ils ont le droit au silence lorsqu'ils sont ici.

Depuis quand obéis-tu à ses ordres ?

Depuis qu'il m'a donné ton poste.

Le sourire de Roméo disparut aussitôt, et soudain le garçon comprit pourquoi son oncle était revenu. Comme Roméo semblait désolé et diminué sans alcool pour le gonfler à bloc ! Il s'était pommadé les cheveux afin de se rendre plus présentable, dans l'espoir incertain de retrouver son emploi. Il dégageait l'odeur d'un bonbon aux fruits.

Mani-Mathai ne sut comment aider son oncle, même s'il n'avait pas révélé au Vieux l'incident avec la fourche, redoutant que cette confidence n'implique quelque forme de vengeance sournoise et peut-être des désagréments pour son père. Et il craignait aussi que Roméo ait eu raison, que le Vieux utilise pour de bon la fourche.

Un silence gêné s'établit, seulement interrompu par le léger grattement des doigts de Roméo contre son crâne parfumé aux fruits. Bah, dit-il enfin, les ordres du Vieux, moi je m'en tamponne le coquillard. Les garçons, c'est les garçons, y a pas à tortiller.

Il tendit le sac plastique bleu.

J'ai du travail, dit Mani-Mathai.

Prends ces foutus machins. Les éléphants s'en tapent. Je vais te montrer...

Mais Mani-Mathai s'éloignait déjà.

Ce soir-là, le ciel vira à un bleu de bijou, plus clair au bord, plus dense au cœur. On ramenait le Fossoyeur vers les stalles, baigné et somnolent. Le bain l'avait plongé dans une sorte de paix qu'il n'avait pas connue depuis des semaines, allongé sur le flanc tandis que l'eau courait sur son ventre, que le Vieux fredonnait, les défenses grattant la berge, la chanson s'accordant aux grattements en un rythme si apaisant que l'éléphant s'endormit.

Il désirait maintenant manger le tas de *panna* qui l'attendait. Mais une odeur suspecte arrivait des stalles, une puanteur familière.

Sa vision périphérique s'obscurcit. Il désirait désespérément fuir cette odeur. Il secoua doucement la tête, mais continua d'avancer, poussé par le Vieux.

En approchant de la stalle, le Fossoyeur sentit Roméo. Le gardien qui l'avait torturé, qui le forcerait peut-être à entrer dans la stalle pour le piquer encore. Qui se tenait accroupi par terre au-dessus de quelque chose.

Une odeur de brûlé : soufre, allumette.

Le garçon courut vers l'avant en criant quelque chose à Roméo.

Roméo bondit à l'écart de l'objet posé par terre, grimaça un sourire, enfonça ses index dans les oreilles. Un sac plastique dériva en murmurant dans la brise.

Le grésillement d'une amorce, comme une invasion de cigales...

Et les balles.

Ce qui brisa l'esprit du Fossoyeur ne fut pas seulement le *bam bam bam* des pétards, ni même la vue de Roméo. Ce fut l'odeur de la pommade émanant des cheveux du gardien, la puanteur poisseuse d'ananas pourri qui se répandit dans l'air et remonta dans sa trompe, ressuscitant tout à coup le souvenir d'un jour lointain, le jour où sa mère rugit et s'écroula, le jour où le choc sourd de son corps percutant la terre y propulsa une onde électrique, le jour où le tireur s'en alla avec sa queue – une puanteur poisseuse d'ananas pourri venant de ses cheveux.

Tous les instants séparant ce jour-là et maintenant se volatilisèrent.

Les ombres s'amassèrent comme des cendres à la lisière du champ visuel du Fossoyeur, se refermant autour de sa cible.

Cours ! cria le Vieux en poursuivant le Fossoyeur, qui s'était libéré du *changala* et chargeait maintenant Roméo.

Les autres gardiens se dispersèrent, ainsi que le Vieux l'aurait lui-même fait, s'il n'avait pas perdu Manu-Mathai de vue. Dans le maelstrom, le Vieux cria le nom du garçon.

Cela arriva soudain, se déploya hors de tout contrôle, et le Vieux put seulement demander au destin : *Si tôt ? Si tôt ? Si tôt ? Si tôt ? Si tôt ?*

Le Fossoyeur attrapa Roméo dans sa trompe et le cogna deux fois contre le côté de la stalle, jusqu'à ce que sa tête devienne aussi molle qu'un fruit sur le point de tomber. Le Fossoyeur sentit quelqu'un tirer sur sa chaîne, enflammant son abcès. Il recula en chancelant – un grognement étouffé sous son ventre – et sentit la chair et les os craquer aisément sous sa patte.

À présent, les balles avaient cessé, mais l'odeur de brûlé s'attardait dans l'air.

Un marmonnement monta de la terre. C'était le garçon, qui avait accouru jusqu'au Vieux, qui n'était plus le Vieux, mais une chose molle et morte. Le garçon tomba à genoux près de la tête du défunt, posa une main sur sa joue. Il recula vivement, comme ébouillanté.

Son regard monta vers le Fossoyeur. Un instant de paix passa entre eux. On ne pouvait réparer ce qui était brisé, ni pour le Vieux ni pour l'éléphant.

L'angoisse rétrécit les yeux du garçon. Il se balança et s'inclina en tenant la tête du Vieux comme pour l'emporter. Mais c'était le Fossoyeur qui devait emporter le corps. C'était le Fossoyeur qui devait restaurer le silence de toutes choses.

Levant une patte au-dessus du garçon, c'est ce qu'il fit.

Il y eut jadis un clan qui arriva près d'un tas d'ossements, nettoyés par les oiseaux. Ces os avaient été ceux d'une jeune éléphante qu'ils avaient connue, et tour à tour les adultes reniflèrent et caressèrent le squelette. Encore éléphanteau à l'époque, le Fossoyeur était resté entre les pattes de sa mère pour la regarder plonger sa trompe dans les cavités et les orbites du crâne. Un murmure de haute mer dans ses oreilles. Voilà comment il apprit à pleurer les morts.

Ce souvenir lui revint en mémoire tandis qu'il enroulait sa trompe autour de la cheville du gardien et le tirait près du cadavre du garçon, laissant derrière une trace rouge foncé. Le Vieux fut le dernier. Le Fossoyeur toucha la bouche morte et cacha cette odeur dans quelque chambre secrète de son cerveau. Puis il prit le Vieux au creux de sa trompe et le posa avec les autres. Il couvrit leurs corps de feuilles de *panna* avant de boitiller vers les montagnes.

Dans la forêt, les éléphants sauvages refusèrent tout contact avec le Fossoyeur, à cause de la puanteur mortelle de l'homme tatouée sur sa peau. Il se rendait tranquillement au trou d'eau, où un clan se reposait ; mais dès qu'ils repéraient son odeur nauséabonde, ils barrissaient et se débandaient en grognant. Même la forêt avait changé durant ses années d'absence, mouchetée de fermes vert et or, dégradée par la présence d'une multitude de bambous à l'agonie.

Rien n'était plus étrange que les chemins sans grands arbres jadis suivis par lui-même et son clan, qui se réfugiaient alors sous leur ombre. Il restait peu de chose du bois de rose et de l'*aanjili*, seulement des souches semblables à des rivets fichés dans la terre.

Les jours de canicule, l'abcès de sa cheville palpitait comme un second cœur, convoquant un musth qui le laissait barrissant et arrachant les arbres. Ces accès se faisaient plus rares et plus espacés, mais chaque fois les bruits envahissaient son esprit et le submergeaient de fureur.

Ce ne furent pas ses derniers massacres.

Le Fossoyeur pensait plus souvent au Vieux qu'à sa propre mère ; les souvenirs passaient lentement au-dessus de lui, projetant leurs ombres. Il se rappela le musc du Vieux, tout frais dans l'air, les pierres de gué de sa colonne vertébrale. Comment il fredonnait parfois. Comment il était apparu dans l'*anakoodu* ce premier matin, son corps bronzé dans le carré blanc de lumière. L'esprit du Fossoyeur allait et venait entre aujourd'hui et alors, en un flux incessant de souvenirs.

Seulement lorsqu'il entrait dans le lac, ses pensées se calmaient. Sous l'eau, un grand silence l'envahissait. Ses membres se déplaçaient librement, presque comme s'il n'avait jamais porté de chaîne à la cheville, comme s'il n'avait jamais connu ce poids.

La cinéaste

Vendredi, les villageois envahirent l'Office des forêts. Ils vinrent par centaines, arrivant avec leur famille, bloquant la route, agitant le poing et hurlant si fort que les haut-parleurs de notre poste de télé de douze pouces furent saturés.

Pelotonnés sur une causeuse au tissu déchiré, Teddy et moi mangions nos *tiffins* de riz et de dal. Depuis une demi-heure, Bobin rédigeait ses rapports mensuels, complètement voûté au-dessus du bureau de Ravi. Quand le reportage commença, il se redressa. Il ne cligna pas des yeux une seule fois tout du long. La journaliste parlait en un flux ininterrompu où je distinguai un seul mot – *Sitamala*. Bobin grimaça, se pencha en avant, me signifia de me taire quand je lui demandai de me traduire des paroles. Son stylo restait figé en l'air ; l'assistant de Ravi semblait pétrifié, à l'exception de son pouce, qui en faisait interminablement cliqueter l'embout.

«Un braconnier a été abattu par des gardes forestiers, expliqua Bobin en fixant toujours l'écran. Le même braconnier qui a tué l'éléphant de l'autopsie. Il y a eu de la bagarre...» Bobin s'interrompit pour écouter la suite, tous les muscles de son visage contractés.

«Les gardes disent qu'ils ont tiré en état de légitime défense.

– Alors pourquoi les villageois protestent-ils? demandai-je.

– Ils affirment que ce braconnier n'avait rien à voir avec l'éléphant de Sitamala. Ils disent qu'il n'était pas armé quand il a été abattu.»

Bobin renifla, secoua la tête.

«Il portait pourtant sur lui le même type de balles que celle retrouvée dans l'éléphant de Sitamala.

– Quelle est leur théorie? s'enquit Teddy.

– Ils prétendent que nous conspirons avec l'Office des forêts. Que nous avons placé la balle sur le corps de cet homme. Quelle absurdité...»

Placé: ce mot envoya une décharge électrique dans mon ventre. Je regardai de nouveau la télévision, où la journaliste se hâtait de terminer son reportage. Plusieurs fois, elle mentionna un «M. Shivaram» tandis qu'on voyait un homme échevelé et suant guidant les autres, les tendons du cou tendus à craquer.

«Qui est-ce?» demandai-je.

Bobin jeta un coup d'œil à l'écran. «Sans doute le frère du défunt.»

LE BRACONNIER

Mercredi, bien avant l'aube, nous commençâmes tous trois notre expédition en nous glissant par une ouverture dans la rangée des arbres. Chacun portait un bermuda vert et un T-shirt noir en guise de tenue de camouflage, et nous avions enduit nos bras de merde d'éléphant pour dissimuler notre odeur. Jayan et Alias se déplaçaient souplement, mais je portais un sac bourré de beaucoup trop de choses : une bâche, des chemises propres (pour nous fondre dans la foule après la chasse), des cartouches, des balles, des jumelles, des lampes torches, des allumettes, des bidis, des pois chiches, du riz, du *sambar* masala, du masala pour viande, du poivre noir, du piment et du sel.

J'avais accusé Jayan de trop en faire : pourquoi tous ces masalas ? Fallait-il emporter aussi de la cannelle et du safran ?

«T'as déjà goûté à de la viande sauvage sans rien ? avait-il rétorqué. Aussi savoureuse que de la pâte à bois.»

Déjà, je redoutais nos repas et, chaque fois qu'un singe criait, mes craintes étaient réactivées. C'étaient les heures laiteuses du matin, quand les bêtes hurlantes et rampantes détalaient dans les arbres, les cigales sifflant comme une mèche de pétard éternellement allumée. Je connaissais ces bruits depuis ma plus tendre enfance, mais ils me semblaient maintenant étrangers et inquiétants.

Comme ce fut bizarre de voir mon frère si sûr de lui ! Il se déplaçait avec l'aisance soyeuse d'une panthère traquant sa proie, sans que ses pieds ne trébuchent jamais. Il dégagea d'une main délicate sa chemise accrochée à une branche, afin de ne laisser aucune trace de son passage. Son visage était tendu et concentré, durci par sa peine de cœur. Il n'envisageait certainement qu'une seule issue à cette partie de chasse.

Alias marchait en tête, portant son bien-aimé fusil en bois de rose et un barda beaucoup plus léger que le mien. Ses yeux ne rataient aucun tas d'excréments, aucune empreinte de pas. Il connaissait les itinéraires des patrouilles, le grésillement de leurs talkies-walkies, l'emplacement des camps établis contre les braconniers. Il examinait la moindre branche brisée, dont le cœur d'un vert pur signifiait qu'un homme ou un animal était passé là récemment. Ce type ignorait tout de l'hygiène dentaire, mais en forêt il était vraiment à son affaire.

Nous traversions des fourrés bruissants et des fantômes de brume, une mince bande rose vif à la lisière du ciel. De hautes perches de bambou tigré se penchaient sur nous, certaines brunes, mourantes, entremêlées de plantes grimpantes. La terre humide étouffait le bruit de nos pas. Si la journée avait été sèche, le craquement de la moindre feuille nous aurait trahis.

Nous entendions parfois un frémissement parmi les buissons et nous nous figions sur place, le canon de nos armes braqué vers ce bruit, avant de reprendre notre marche. Le matin arriva, les troupeaux descendirent de la montagne vers les vallées pour boire et se baigner dans le lac. L'après-midi, les bêtes remonteraient les pentes vers les vastes espaces dégagés et dorés, à une altitude où seules quelques broussailles et plantes au feuillage persistant poussaient encore. Là, nous traquerions le Fossoyeur.

Après plusieurs heures de marche, mon dos se mit à gémir pour qu'on le soulage de son fardeau. Le silence me convenait encore moins, car il laissait mon esprit errer vers mes bêtises de la nuit précédente. Les souvenirs m'assaillaient alors – mon nez effleurant le cou de Leela comme le museau d'un chiot lubrique – et une bouffée de honte me submergeait.

Je fus donc reconnaissant d'une pause casse-croûte en milieu de matinée. Nous partageâmes un paquet de biscuits et une gourde d'eau, qui m'expédièrent à la recherche d'un endroit isolé pour y faire une grosse commission. Mon frère me lança alors méchamment :

« Ne te perds pas ! »

Je contournai plusieurs arbres en arrachant une poignée de feuilles pour assurer mon hygiène. Mon désir d'intimité me poussa à m'aventurer assez loin.

Je trouvai une petite clairière discrète où je m'attardai un moment. Je ne m'étais jamais soulagé sur le sol de la forêt et, pour la dixième fois de la journée, je m'interrogeai : *Comment diable Jayan s'y prend-il ?*

Je baissai mon bermuda et m'accroupis. Aussitôt mes boyaux se figèrent, firent la grève pour exiger de meilleures conditions de travail. J'imaginai mon frère bouillonnant d'impatience, fonçant à travers la forêt pour me retrouver. Je redoublai d'efforts. Enfin, déplorant une défaite douloureuse, je remontai mon bermuda et me préparai à subir les foudres de Jayan. Mais ce qui arriva d'abord, ce qui me pétrifia aussitôt, fut un grondement sourd derrière moi.

Je me retournai lentement.

Le Fossoyeur se dressait à quelques mètres de là : son corps dissimulé par les bambous, ses défenses blanches parmi les plantes grimpantes, sa tête élevée aussi vaste qu'une falaise.

La sueur me piquait les yeux, mais je ne clignais pas. Je regardais obstinément l'une des défenses, dont la pointe avait jadis transpercé le cœur palpitant d'un homme.

Courir me sembla ridicule et au-delà de mes forces. J'avais les jambes en coton, les mains vides, à part ma poignée de feuilles. Je priai l'éléphant comme l'avaient fait tous les pauvres bougres malchanceux et désarmés confrontés à un voyou. *Tue-moi vite.*

Hormis un frémissement d'oreille, le mâle ne bougeait pas. Ses pattes étaient des colonnes de granit supportant sa masse monstrueuse. Ses yeux couleur miel me fixaient comme pour prendre ma mesure, jauger mon potentiel destructeur. Immobile, je sentis un calme étrange m'envahir. Ses yeux tout petits, enfoncés dans les parois de la falaise, d'une nuance proche de celle des miens. Distants et anciens. Des yeux qui connaissaient le monde sauvage et le monde civilisé, des yeux qui savaient des choses.

La forêt tout entière sembla retenir son souffle. Brusquement, le Fossoyeur parut aboutir à une conclusion qui le poussa à faire demi-tour et à s'éloigner en écrasant un arbre comme s'il n'était pas plus gros qu'une simple herbe. Ainsi s'en alla le Fossoyeur, aussi calmement qu'il était arrivé, une froide lune grise. Il m'avait laissé la vie sauve.

Je courus.

Les branches me lacérèrent les bras, les plantes grimpantes me fouettèrent la face. Je n'étais sûrement pas beau à voir, haletant, ahanant à travers les arbres. Lorsque Alias émergea de la végétation et me saisit l'épaule, je faillis hurler. Mon frère et lui semblaient furieux, Alias allant jusqu'à dénuder ses gencives noires.

«Tu faisais quoi là-bas... t'accouchais ?»

Jayan dit qu'il me cherchait depuis un bon moment. «T'étais où ?»

Je pris une longue inspiration tremblante, je me remémorai l'éléphant immobile me jugeant, examinant mon être chétif, quand quelque chose en moi bascula. Le regard de Jayan me brûlait comme une torche. Pour des raisons que je ne compris pas bien sur le moment, j'évitai la vérité et je marmonnai à la place :

«Constipé. Je suis constipé.»

Je me détournai pour remettre le barda sur mes épaules. Alias se planta à quelques centimètres de mon visage :

«J'en ai rien à foutre que tu chies des briques. On est pas ici pour rigoler et...»

Jayan leva la main. «Assez. Il a compris.»

Ébahi par le calme de Jayan, Alias nous regarda tour à tour, mon frère et moi. Je soupçonne qu'en intervenant de la sorte, Jayan ne voulait pas me défendre contre les insultes qui risquaient de pleuvoir ; il avait perçu quelque chose d'étrange chez moi, et il savait qu'il vaudrait mieux m'interroger quand je serai seul avec lui.

Alias écarta la main de Jayan, puis déclara qu'il nous faudrait marcher deux fois plus vite en montagne afin de surprendre le Fossoyeur sur les pentes, comme prévu. Il prit la tête de notre petit groupe, je le suivis et Jayan se mit en route derrière moi, ses yeux rivés à mon dos. Je serrai le poing pour l'empêcher de trembler.

La cinéaste

Dès la fin du reportage, Teddy et moi rejoignîmes sa chambre. Il était en pleine confusion. Il me supplia de lui expliquer ce que Bobin venait de nous dire et, plus important encore, ce qu'il ne nous avait pas dit.

« Il y a deux jours, commençai-je, un éléphant a été tué à Sitamala. »

Teddy acquiesça d'un air impatient.

« Et hier matin, Ravi a entamé l'autopsie.

– Exact, et à un certain moment de l'autopsie, ce braconnier, M. Shivaram… il a été tué par un agent de l'Office des forêts. Les autres gardes ont pris une balle sur lui…

– Ils l'ont extraite *de son corps* ?

– Écoute-moi. Ce type transportait des balles. L'un des gardes a dû en prendre quelques-unes, qu'il a données à Ravi. Et lui, eh bien, peut-être que…

– Il a inséré cette balle ? Dans l'éléphant mort ? »

J'acquiesçai.

« Bon Dieu.

– Soi-disant. Nous ne saurons pas ce que Ravi a fait avant d'en discuter avec lui.

– Ah ça, on va en discuter. »

Teddy arpentait la chambre d'un pas militaire, les mains coincées sous les bras.

« On va le filmer demain durant ses tournées, puis on l'interrogera sur le braconnier mort.

– Comme ça ? À brûle-pourpoint ?

– Je veux aussi soulever la question de la corruption. Lui demander : *Quelle impression cela vous fait-il de collaborer si étroitement avec un Office des forêts qui est accusé de multiples dissimulations ?* Ensuite, on pourrait évoquer l'affaire Shankar Timber... »

J'écoutai sans réagir, les yeux rivés au carnet Moleskine ouvert sur son bureau.

Teddy parlait en remuant les mains. Je pris une grande inspiration, me préparant au pire :

« Je ne sais pas. »

Teddy se figea.

« Tu ne sais pas *quoi* ?

– L'approche bille en tête n'a pas trop bien marché la dernière fois.

– Moi qui te prenais pour une fervente adepte de la spontanéité... Peut-être qu'on tiendrait la scène centrale du film.

– On le rendra furieux, point final.

– C'est toujours mieux que d'avoir une réponse en langue de bois. On a rendu Samina Hakim fumasse ; ça t'a fait ni chaud ni froid.

– Nous n'avons pas autant besoin d'elle que de lui. Vraiment, je crois qu'il faut que je parle d'abord à Ravi.

– Laisse-moi deviner. »

Teddy me dévisagea.

« En tête à tête ?

– Dès qu'on est tous les deux avec lui, il est sur la défensive. »

Teddy ricana ; j'insistai.

« Je ne l'interrogerai pas précisément. Le tournage sera spontané. Mais je trouve ça normal de le prévenir des sujets que nous voulons aborder.

– Et s'il refuse ? »

Je haussai les épaules.

« Alors on laisse tomber. Inutile de le blesser.

– Comment notre petit film lui causerait-il le moindre tort ? »

J'hésitai ; Teddy devina ce que je ne pouvais pas dire.

« Avec Shelly c'était différent, ajouta-t-il d'une voix calme. Elle a interprété complètement de travers... elle se croyait amoureuse de moi. » Il marqua un temps d'arrêt. « Mais peut-être que ce n'est pas si différent. »

Mon ventre se contracta.

« Emma, il y a une chose que tu me caches ? » La question que je posais toujours durant mes interviews. Je ressentis d'abord l'affreuse sensation d'être piégée, une terreur que j'avais tant de fois infligée à autrui, puis la panique disparut, remplacée par l'agacement. Ce qui m'énerva fut ce soupçon de condescendance, l'approche masquée, la pique de Ravi dont je me souvins : *Il te traite comme une enfant.*

« Non, rien que tu ne saches déjà. »

Teddy plissa les yeux comme s'il avait mal entendu, jusqu'à ce que la vérité semble cristalliser, lentement, sous ses yeux.

« Lui et toi », dit-il.

J'acquiesçai.

Lorsqu'il devint évident que je ne développerais pas ni ne m'excuserais, Teddy resta la tête basse.

« C'est fini, dis-je. Bien sûr. Nous partons dans quelques jours.

– Il risque d'en parler. Un blogueur pourrait diffuser l'info. Impossible alors d'envisager un autre film ensemble.

– Te voilà bien mélodramatique.

– Comment être objective dans ces conditions ? Merde alors, comment puis-je te faire confiance ? »

J'hésitai, peu habituée au mépris dans sa voix. « Ravi ne dira rien. »

Teddy secoua la tête.

« Je le connais, Teddy.

– Tu as couché avec lui. Y a une putain de différence. »

Un silence glacial s'installa. Nous ne savions plus si nous étions toujours amis ou désormais étrangers l'un à l'autre.

Quand j'annonçai que je partais, il ne releva pas la tête.

Dans ma chambre, je préparai du thé noir pour rester éveillée ; l'infusion fut amère et brûlante. J'aurais pu attendre le lendemain matin, mais les soupçons et les craintes qui me submergeaient m'ôtèrent toute patience. J'avais besoin que Ravi m'assure que tout ce que nous avions entendu était tout bonnement faux. Je ne pourrais pas dormir avant.

Plus tard, je trouvai Bobin près de la Jeep. Il regardait deux gardiens soulever une grande cage métallique au-dessus du plateau du véhicule. À l'intérieur, un petit macaque grignotait une banane.

« Ravi ? » demandai-je.

Bobin me montra la salle d'examen.

L'ampoule nue jetait une lueur sinistre sur la table d'opération. Je ne remarquai d'abord pas Ravi, assis parmi les ombres, dans la même pose où nous l'avions surpris la veille. Les mains pendantes, le regard vide.

« Hé, dis-je en le faisant bondir sur ses pieds. Ce n'est que moi. Pas de caméra. »

Il me dévisagea un moment, puis rejoignit la table, ouvrit la boîte à outils en plastique, en sortit des flacons comme un barman fatigué.

«J'ai vu les infos.» J'essayai de parler calmement. «Je suis au courant pour les protestataires.» Pas de réponse, aucune réaction. «Nous aimerions t'interviewer à ce sujet.» D'autres flacons, des bouteilles.

«Et nous aimerions interviewer ces paysans sur ce qui s'est passé, peut-être l'agent Vasu aussi.

– Pourquoi eux?

– Parce qu'il est important de montrer comment la communauté locale vous perçoit. Toi et le Centre.»

Je sentis les accusations des villageois envahir la pièce.

«Il s'agit de graves allégations.

– Les membres de cette communauté ont des opinions très contrastées; la plupart d'entre eux nous soutiennent. Ce que vous tenez à montrer, c'est une poignée d'émeutiers.

– Que s'est-il passé?

– C'est confidentiel.

– Samina t'a-t-elle contraint à le faire?

– Me contraindre?»

Il eut un grand rire qui sonnait faux.

«Tu la prends pour qui? Une gangster?

– T'a-t-elle donné la balle dans son bureau? Pendant votre réunion confidentielle?»

Il me tourna le dos tandis que je parlais, s'éloigna d'un pas.

«Est-ce pour cela qu'elle nous a obligés à partir de là-bas? Parce que l'autopsie *devait* continuer le lendemain matin?

– Ah, vous autres...»

Il me regarda longuement en plissant les yeux.

«Toujours à l'affût d'une histoire susceptible d'indigner les spectateurs. Et mon indignation à moi? Ma colère face à cet éléphant mort, un de plus, qui aurait pu être un animal que j'avais tiré petit d'un fossé ou extrait d'une caverne pour l'amener ici, le soigner, le nourrir au biberon, de mes propres mains ? Éliminé comme ça, arraché telle une mauvaise herbe ?

– Je désire seulement savoir ce qui s'est passé.

– Vous voulez m'ouvrir en deux et m'exhiber devant tout le monde. »

Il referma brusquement la boîte à outils, qu'il glissa sous la table.

« N'est-ce pas ce que vous faites ? N'est-ce pas votre cadeau ?

– Dis-moi ce qui est arrivé à ce Shivaram, l'homme qui s'est fait tuer. »

Malgré ma prononciation défectueuse, ce nom incita Ravi à regarder fixement la table, la flaque de lumière qui y brillait. Toute la pièce parut se figer ; je restai silencieuse, certaine qu'un seul mot sortant de ma bouche l'aurait anéanti.

Il déclara que le braconnier avait été tué quelques heures après le début de l'autopsie. L'agent Vasu était impliqué dans sa mort. Une sorte de malentendu avec le braconnier, des coups de feu.

« Vasu a eu peur. Il est à un an de la retraite. Il est allé trouver Samina Madame pour lui demander de l'aide…

– Et elle est venue vous voir.

– Elle a exigé d'interrompre l'autopsie. Ce soir-là, je suis allé dans son bureau, ainsi qu'elle me l'avait demandé. Elle m'a expliqué la situation et m'a donné la balle.

– Où a-t-elle trouvé cette balle ? »

Avec difficulté, Ravi dit que Vasu se l'était procurée sur le défunt. L'homme transportait un sac de balles, mais, curieusement, il n'avait pas de fusil.

« Elle m'a donné cette balle. Elle m'a dit que c'était à moi de voir.

– Pour piéger un mort, dis-je.

– Ce n'était pas un innocent. Vasu l'a empêché de commettre son forfait.

– Il était désarmé ! Il n'avait rien fait !

– Et alors ? Tu voudrais faire quoi ? Mettre le vieux Vasu à la rue ? Le jeter en pâture aux partisans des droits de l'homme ?

– Moi, je ne falsifierais pas des preuves, désolée de te décevoir. C'est complètement merdique. Le genre d'arnaque digne des flics du LAPD. »

Mon allusion à la police de Los Angeles le dérouta.

« Vous ne pouvez pas mettre ça dans votre film.

– Et pourquoi pas ? Tout ce que tu viens de dire passe déjà aux infos.

– Alors à quoi bon en faire des tonnes ? Pour votre film ? Pour vous faire mousser, prétendre que votre engagement artistique sert autre chose que votre propre carrière ? »

J'étais restée calme jusque-là, mais la rage m'envahit soudain, brûlante, impérieuse :

« Mon engagement artistique ne t'a jamais posé de problème tant qu'il *te* faisait mousser. »

Il tergiversa un moment.

« Oubliez-moi, alors. Et Samina Hakim ? Avant elle, nous n'avons jamais eu un aussi bon directeur. Nous travaillons en étroite liaison avec son département. Pourquoi s'en prendre à quelqu'un qui bosse aussi bien ?

– Son CV n'est pas tout à fait irréprochable.

– Shankar Timber était une affaire…

– Bien sûr, jusqu'à la prochaine entreprise forestière ou minière ou…

– Oh, épargne-moi tes leçons de morale, Emma. Personne ici n'est un saint. Même pas vous.

– Je n'essaie pas d'être une sainte. J'essaie d'être objective.

– Ah bon? Et la montre que tu portes au poignet? Tu crois qu'elle est sortie de nulle part? Tu crois que ce métal n'a pas été extrait d'une mine comme celles dont tu parles?

– Que…»

Je jetai un coup d'œil à la Casio à dix dollars que j'avais achetée chez Walmart, puis je croisai les bras.

«Que veux-tu dire?

– Il n'y a jamais eu mieux que Samina. J'ai réalisé vingt autopsies en 1997. Cette année, j'en ai fait seulement deux. Vous voulez retourner en arrière?

– Oh, pour l'amour du ciel, l'avenir de l'espèce ne dépend pas de moi.

– Non. De moi non plus.»

Du pouce, il frotta une griffure sur la table en acier. «Je sais très bien que j'écope à la main l'eau d'un bateau en train de couler. Soit vous m'aidez à écoper, soit vous faites un autre trou dans la coque.» Il leva les yeux pour me regarder. L'égratignure était toujours là. «Alors, choisis.»

Je me détournai, mais il s'approcha, si près que je sentis son haleine sur mon épaule. Je devinai qu'il voulait me faire céder, un peu comme le soir où il avait mis ses mains sur mes hanches. C'était arrivé deux semaines plus tôt, mais depuis lors, j'espérais presque à chaque heure qu'il recommence.

«S'il te plaît, Emma.»

Il me prit la main. Il caressa mon poignet avec son pouce et, durant quelques instants, nous restâmes ainsi, chacun évitant de regarder l'autre.

Un jour, pendant une interview, Ravi m'avait confié qu'il ne se marierait jamais, ou du moins qu'il ne trouverait jamais une femme désireuse d'accepter ce qu'il appelait sa «première épouse» – le Centre de sauvetage. Sur le moment, j'avais cru qu'il plaisantait. Je comprenais maintenant qu'il était engagé dans une action plus vaste que le seul Centre, dans une vaste entreprise de paix, même si cela impliquait de fermer les yeux sur certaines choses.

Je cédai peut-être parce que je voyais la logique – peu flatteuse, mais nécessaire – de cette paix. Je pensai peut-être accomplir ma modeste et noble tâche en protégeant cette espèce. Voilà ce que j'aimerais croire aujourd'hui, même s'il paraît tout aussi probable qu'à vingt-trois ans, j'ai cédé simplement parce que ma main était dans la sienne.

Je lui dis que j'étais fatiguée, que je désirais discuter avec Teddy – je savais que Teddy ne me parlerait pas avant un certain temps. Ravi proposa de me raccompagner à ma chambre, mais je secouai la tête, convaincue qu'il y aurait d'autres nuits, que celle-ci ne serait pas la dernière.

LE BRACONNIER

Comme nous marchions dans la forêt, une certitude me tenaillait : le Fossoyeur m'avait laissé la vie sauve, mais ce ne serait pas le cas la fois suivante. Chaque pas que je faisais au flanc de la colline était un pas dans la mauvaise direction. Ma terreur augmentait ; le moindre bruissement de feuilles accélérait mes battements de cœur. De temps à autre, je me retournais brusquement, surpris mais soulagé de voir le visage soupçonneux de mon frère.

« Qu'y a-t-il ? me cria-t-il presque à un certain moment. T'as vu quoi ? »

Je désirai tellement le lui dire, et je l'aurais fait, si nous nous étions retrouvés seuls un instant. Même alors, il m'aurait jugé aussi faible et sentimental qu'un poivrot. Il en aurait conclu que le Fossoyeur, ayant la vue basse, ne m'avait pas remarqué, que la merde étalée sur mes bras l'avait retenu de me renifler de plus près. Ou que j'avais tout simplement rencontré un éléphant un peu idiot, et pas le Fossoyeur.

Mais j'avais observé les yeux de cet animal. Ce n'étaient pas ceux d'un idiot.

« Manu, chuchota Jayan. Dis-moi. »

Par-dessus l'épaule, Alias nous jeta un regard méfiant. J'ignorai mon frère, ma terreur, me rappelant le serment fait à ma mère. J'épiais les arbres autour de moi, les secrets derrière leurs feuilles. Les oiseaux invisibles gazouillaient.

Dès que nous atteignîmes les hautes terres, Alias et Jayan montèrent dans les arbres en espérant apercevoir l'animal. Je restai au pied du perchoir de Jayan, observant les taches jaunes des parcelles herbeuses autour de nous, les terrasses des terres cultivées en contrebas, le pic hostile en amont. Où était cette créature ? Je sentis un muscle tressauter sur ma joue, mon esprit battre la campagne.

« Hé ! Petit Shivaram ! »

Stupéfait, je levai les yeux.

Dans son arbre, Jayan me considérait d'un air sévère.

« Les jumelles.

– Je peux pas.

– Tu peux pas *quoi* ? Je sais que je les ai prises. »

J'ôtai le barda de mes épaules et le posai à terre. « Je peux pas tuer l'éléphant. »

Jayan jeta un coup d'œil à Alias qui de son perchoir me foudroyait du regard, assez proche pour deviner un problème, assez éloigné pour ne pas entendre les détails de notre conversation.

« Personne te demande de le tuer.

– Je peux pas lui faire face une fois de plus. »

Jayan scruta mon visage. « Comment ça, *une fois de plus* ? »

Alias descendit de son arbre à la vitesse d'un fruit trop mûr, puis s'approcha.

«Et s'il sait, murmurai-je très vite, s'il sait que nous venons pour le tuer ? Il paraît que les éléphants sentent quand ils sont chassés. Peut-être qu'il va se planquer. Peut-être qu'il va attendre la tombée de la nuit et qu'il nous chassera, *nous*.»

Comment décrire l'expression dégoûtée de Jayan? J'étais un lépreux, le bout de mon nez venait de tomber de ma face.

«Qu'est-ce que ce merdeux raconte encore?» demanda Alias. Il prit une posture nonchalante et alluma une bidi.

«Il veut s'en aller», dit Jayan.

Ce que je voulais, c'était profiter de la seconde chance que l'éléphant m'avait laissée. Ce que je voulais, c'était vivre, travailler, connaître le poids d'une épouse sur mes genoux, regarder mes enfants faire du toboggan sur des montagnes de riz, si la vie acceptait de m'accorder cette bénédiction. Je n'avais jamais connu une telle intimité avec un éléphant mâle sauvage ni senti son haleine sur mon visage, je n'avais jamais vu le sol se dérober autour de moi jusqu'à ce qu'il reste seulement le petit lopin de terre sur lequel je me tenais, tout tremblant. Comment survivre à une telle expérience sans qu'elle vous bouleverse de fond en comble? Comment découvrir ce mauvais augure, un avertissement aussi ancien que la plus ancienne des fables, aussi évident qu'un nuage entièrement noir, et l'ignorer?

«Laisse-le partir», dit Alias. Il leva sa bidi en l'air pour que la fumée lui indique la direction du vent.

«Mais tu risques de croiser le Fossoyeur sur le chemin du retour.

– Comment veux-tu qu'il rentre? Peut-être qu'il devrait demander l'aide d'un dos-vert?

– Tu pourrais m'accompagner, dis-je. Faire un bout de chemin avec moi. Ou me guider jusqu'à la maison.»

Alias secoua la tête.

«Je peux tuer la bête, mais je peux pas la dépecer tout seul.

– Comment ça, la dépecer… ?» m'étonnai-je.

Jayan poussa un soupir exaspéré, puis détourna les yeux.

La vérité écœurante se fraya lentement un chemin dans mon esprit.

«Il n'y a pas de couteaux dans mon barda, ajoutai-je.

– Regarde dans le mien, dit Alias en indiquant du menton l'arbre où son sac, plus petit, pendait à une branche. Tu y trouveras un couteau de cuisine, une hache, une scie…

– Tu as dit à Leela… », commençai-je avant de m'arrêter.

Jayan refusait toujours de me regarder en face.

«Où les cacheras-tu ? Et si jamais elle les trouve…

– Assez de questions ! explosa-t-il. Pourquoi es-tu toujours à gémir et pleurnicher, *et si ceci, et si cela* ? Si tu veux partir, alors casse-toi ! »

Vexé et furieux, je détournai les yeux. Jayan était du genre à ne pas faire la différence entre apprendre la modestie à autrui et l'humilier. J'en avais marre des deux.

«Je m'en vais», déclarai-je.

Jayan hocha la tête comme s'il comprenait que c'était la seule solution.

«Vas-y, acquiesça-t-il avec un calme soudain. Sois prudent.»

Il me tendit le fusil, mais je le refusai. Je fis semblant de me rappeler le chemin que nous avions pris, et je promis de garder des pierres dans la main, au cas où le Fossoyeur me repérerait.

«Ne prends pas de risque», dit Jayan.

À court de conseils, il se mordit la lèvre – comme il ressembla alors à un petit garçon ! N'ayant plus rien à ajouter, chacun de nous deux considéra l'autre comme il ne l'avait pas fait depuis très longtemps. Pensez à la dernière fois où vous avez regardé un être aimé, simplement regardé, sans parler, un visage plus familier que même le vôtre, un visage recelant tant de mystères.

« Notre invité va bientôt arriver », dit Alias.

Je tournai brusquement les talons et m'éloignai le pied léger, sans mon barda. Pourtant, chacun de mes pas me semblait très lourd.

Chasser revient à lire un langage secret. Dans la forêt, je chassai une sortie. Mon plan consistait à marcher vers l'est, à suivre les zigzags du cours d'eau jusqu'au banian foudroyé, où le cousin garde forestier me laisserait passer sans encombre. Mais j'avais beau tendre l'oreille, je n'entendais pas le bruissement de l'eau.

Je guettais les signes : le tas d'excréments, la branche brisée au cœur vert. J'essayai de ne pas penser à mon frère (pensant donc à lui constamment) et, ainsi distrait, je perdis l'équilibre et brisai un gros bâton sous mon pied. En ayant déjà cassé plusieurs, je n'y accordai guère d'attention – un bruit sec qu'on remarquerait seulement si on le guettait.

Mais à présent vous vous en doutez : quelqu'un était à l'affût.

La cinéaste

Durant ces derniers jours, passé au Centre, je vis rarement Ravi. Le terrain médian de l'amitié était une zone étrange et marécageuse, et chacun de nous deux resta sur sa berge. Je pensai que nous ne serions jamais copains. Ses e-mails avaient la brièveté d'un haiku, la brusquerie d'un panneau routier.

Quant à Teddy et moi, quelque chose s'était brisé entre nous, de manière irréparable. Il se taisait en ma présence, mangeait seul. Nous nous contentions du silence et de paroles anodines. Je me dis qu'un éloignement temporaire suffirait à réparer notre relation, mais tout au fond de moi je sentais bien que notre amitié ne survivrait pas à cette fin de séjour. Notre film non plus.

Le jour de mon départ avec Teddy pour Manaloor, je vécus une folle succession d'au revoir. Ravi avait insisté pour transporter les éléphanteaux en camion dans la soirée, et Teddy et moi nous inquiétions de la faible lumière. Nous filmâmes les animaux suivant le gardien-chef, Tarun, qui gravit la rampe à reculons et monta sur le plateau du véhicule en agitant des bananes. Dev surtout semblait agité, insensible au sédatif administré par Ravi, une piqûre derrière l'oreille. Seulement lorsque Tarun baissa la tête et laissa la trompe de Dev lui caresser le cou, l'éléphanteau se calma.

Dès qu'ils furent tous montés sur le plateau du camion, Ravi recula, se pencha pour leur jeter un coup d'œil tandis qu'ils reniflaient les planches et dilataient désespérément leurs narines. La manière dont Ravi se mordait la lèvre inférieure me rappela Juhi fourrant le bout de sa trompe dans sa bouche. D'après Ravi, elle le faisait la nuit pour empêcher les fourmis d'entrer dans ses narines. De mon côté, j'y voyais plutôt une façon de sucer son pouce, un geste destiné à se rassurer. «Vous cherchez toujours une histoire», m'avait dit Ravi, non sans affection. Plus tard, j'imaginerais une dizaine d'autres manières de dire au revoir, des plaisanteries sur le célèbre footballeur Dev ou de sincères remerciements, mais quand Ravi se présenta devant moi, je me contentai de saisir la main qu'il me tendit – un contact froid, sacerdotal, aussi anonyme que la poignée de main qu'il venait d'échanger avec Teddy.

«Emma Lewis», dit-il. Il n'avait jamais prononcé mon nom auparavant, c'était la première et la dernière fois qu'il le faisait, d'une voix tendre et séduisante, qui annula l'espace entre nous. Je ne me souviens pas de ma réponse ; je sais juste qu'il prononça mon nom et qu'il me sembla soudain possible de revenir à cet endroit précis dans plusieurs années pour constater que rien n'avait changé.

Bien sûr, cette illusion dura seulement le temps de notre poignée de main. Tandis que nous démarrions, Teddy baissa la vitre côté passager, ajusta le rétroviseur latéral et filma un parfait plan de départ, la silhouette de Ravi diminuant derrière nous sur la route, perdue au milieu de la végétation luxuriante.

À Manaloor, un autre éléphanteau rescapé rejoignit les trois autres, un costaud nommé Bhim. Durant deux semaines, on leur faisait faire des promenades quotidiennes à la lisière de la réserve naturelle, on les habituait à cet environnement, on leur apprenait quelles baies et quelles feuilles manger. Tous portaient un collier-radio. Chaque jour, ils s'éloignaient un peu plus des gardiens, allant même jusqu'au point d'eau, mais ils revenaient toujours.

Teddy me laissa filmer plus que d'habitude pendant notre séjour à Manaloor, peut-être parce qu'il savait d'avance qu'il utiliserait peu de mes plans. C'était lui qui monterait le film, lui qui choisirait le son et mixerait la version finale. Nous tentâmes d'abord de travailler côte à côte dans son appartement, mais l'amertume avait pris racine en nous et, plutôt que de me chamailler tous les jours pour des raisons bien plus vulgaires que la seule esthétique, je me retirai du film. Je le lui abandonnai entièrement. Six autres mois passèrent dans un brouillard absurde, le prix à payer pour avoir consacré toute une année de ma vie à ce projet.

Cinq ans plus tard, je tombai par hasard sur notre film à la bibliothèque. Je ne reconnus pas le titre – *Les Créatures de Kavanar* –, mais la couverture du DVD attira mon attention : la photo d'un éléphanteau arborant une crête iroquoise orange. Je regardai le film seule, sur un ordinateur de la bibliothèque, comme si le fait de limiter ces images à un petit écran de dix pouces pouvait en restreindre l'impact.

Il y avait Ravi. Il y avait les agents Soman et Vasu en pleine discussion, les gardiens nourrissant les éléphanteaux, Samina Hakim serrant les lèvres, en proie à une fureur muette. Il y avait l'éléphant mort, sa peau entaillée, écartée, comme un livre ouvert.

Il n'y avait aucune mention du braconnier, une omission qui me soulagea et me déprima à la fois. J'essayai de me rappeler son visage, aperçu aux informations télévisées, mais ce n'était plus qu'une image parmi tant d'autres qui défilaient. Je les regardais l'une après l'autre, en tâchant de les faire coïncider avec mes souvenirs.

Teddy avait conservé très peu de mes suggestions, mais celle qui s'impose à moi encore aujourd'hui, c'est la séquence finale du film. On nous voit accompagner l'agent Vinod. On l'a chargé de parcourir la réserve en Jeep pour rechercher les éléphanteaux portant un collier, qui s'absentaient de plus en plus longtemps durant la journée.

Un soir, nous découvrons les éléphanteaux rassemblés de l'autre côté du point d'eau, où un troupeau de femelles boit et se baigne. Il faudra encore attendre deux semaines pour que les jeunes animaux se détachent entièrement de leurs gardiens. Les agents de l'Office rapporteront plus tard avoir vu Bhim, errant tout seul, pendant que Juhi, Sunny et Dev mangeaient à moins de dix mètres d'une harde. Ils trouveront les colliers sur les chemins empruntés par les pachydermes, abandonnés comme des mues.

Vinod prétend voir les éléphanteaux et leurs colliers à travers ses jumelles, mais même avec notre téléobjectif réglé sur la plus grande focale, ces animaux sont indissociables des autres. À eux tous, ils semblent constituer les vingt-quatre taches d'un seul troupeau qui se réunit chaque soir, depuis toujours, au bord du lac. Même si j'ai été saisie plus d'une fois par cette impression durant le tournage, mon cœur s'emballe, il s'ouvre au monde, à la promesse de mon avenir, à la beauté de notre entreprise, et je sens que c'est sur cette image que le film doit s'achever. C'est fini.

LE BRACON-NIER

Après vingt minutes de marche en forêt, j'étais perdu. Toutes les astuces enseignées par mon frère pour me repérer se brouillaient et se mélangeaient dans ma tête. Ce qui ressemblait à des excréments d'éléphant à un certain moment évoquait ensuite des bouses de gaur. Les traces de pattes circulaires appartenaient-elles aux femelles et les ovales aux mâles, ou bien était-ce le contraire ? Je ramassai une lourde pierre – une arme dérisoire contre un éléphant – et, en la glissant dans la poche de mon bermuda, je trouvai là autre chose.

Les balles.

Mon moral dégringola. Je ne pouvais pas retourner sur mes pas et rendre ce sac à Jayan. Il avait sans doute assez de munitions sur lui. D'ailleurs, il m'avait dit un jour : *Le bon chasseur a besoin d'une seule balle*.

Quand même… Voilà une bonne raison pour qu'il me passe un savon à son retour. De tous mes avenirs possibles, c'était le plus favorable : Jayan plastronnant au seuil de la maison, les yeux injectés de sang, le regard triomphant et ridicule. Après quoi nous reprendrions nos sempiternelles chamailleries.

Plus j'errais, plus je me préparais à passer la nuit dans la forêt. Je luttai pour contenir ma panique. Je me concentrai sur mon environnement : une perruche filant à travers les airs, la giclure rouge d'une orchidée sur le tronc d'un sal. À son pied poussait une écume de champignons blancs. Je m'agenouillai pour en cueillir une poignée, triste offrande aux deux femmes attendant à la maison.

Alors je l'entendis. Un froissement de feuilles derrière moi, si bref que je l'aurais volontiers attribué à un singe si je n'avais pas surpris ce même bruissement plus tôt dans la journée, une menace aussi stridente que le crissement d'un couteau.

Je n'osai plus respirer. L'instinct de survie se répandit comme une lave brûlante et rapide diffusée par mon cerveau jusqu'aux extrémités de mon corps.

Je mis la main dans ma poche, fermai les doigts autour de la pierre aussi grosse que mon cœur. Les feuilles frémirent. La lumière inonda l'espace. La vie se déplaçait à cette vitesse fulgurante, et pourtant le monde tout entier se figea.

Je pivotai, le bras tendu.

Ce qui arriva ensuite n'est pas très clair, car même l'esprit le plus rapide est terriblement lent.

Je n'entendis pas le dos-vert crier.

Je ne sentis pas sa balle me traverser le cerveau, aussi aisément que le fil pénètre dans le chas de l'aiguille. Le projectile explosa l'arrière de mon crâne puis les tissus se déchirèrent.

Dans cette ruée de pure liberté, je pris congé de moi-même.

Puis je courus et courus encore dans la brume verte de la forêt, bondis à grandes enjambées sur la prairie, m'arrêtant seulement pour regarder mon frère qui, en entendant le coup de fusil, avait sauté de l'arbre en criant mon nom. Alias le retint – *Sois raisonnable*, dit-il –, affirmant que les dos-verts ne s'aventureraient jamais aussi haut dans la montagne. Mon frère scruta longtemps la ligne des arbres et mon amour pour lui emplit tout mon être.

Mais je ne pouvais rester. Je repris ma course et retrouvai soudain le chemin de la rivière. Je la suivis hors de la forêt, entre les fermes, jusqu'à nos rizières où mes pas ne laissaient aucune trace, puis j'entrai enfin dans la maison et je franchis le rideau de la chambre où Leela, debout à la fenêtre, nous attendait.

Croiser à nouveau son regard. Lui préparer le fil et l'aiguille, l'aider à plier un drap. Inverser le cours du temps, rectifier toutes ces erreurs.

Je posai les mains sur son ventre ainsi que j'aurais dû le faire la veille au soir, avec respect.

Je suis désolé. Je sentis l'enfant remuer à mon contact, tout comme elle. *Celui-ci, je ne l'abandonnerai jamais. Toujours je le surveillerai.*

Ses paumes explorèrent la surface de son ventre. D'un coup de pied, le bébé salua la main de sa mère.

Et maintenant, chère fille, je te demande pardon à toi aussi. Car nous parlons d'un fils avant la naissance de l'enfant pour nous concilier le sort. Tout le monde prie pour que ce soit un garçon, mais en réalité c'était toi que nous désirions.

Je serais là pour assister à ta naissance dans la maison du deuil ; je serais là pour voir mon frère te prendre dans ses bras pour la première fois, bien emmaillotée dans une serviette comme une miche de pain entre ses mains ; je regarderais tout le monde te promener sur une hanche. Tu passerais tant de temps en l'air que ta mère redouterait que tu n'apprennes jamais à marcher à quatre pattes. Mais tu l'apprendrais bien sûr, et je serais aussi là pour le voir. Jour et nuit je veillerais sur toi, bien qu'incapable de te protéger contre les flèches de la douleur, quand ta mère se tairait en pensant à moi ou lorsque ta grand-mère interromprait les battements de son cœur comme on immobilise les aiguilles d'une horloge, car étant une femme à la volonté indomptable, elle jugerait son heure venue.

Toutes ces choses appartenaient à l'avenir. Pour l'instant, Leela gardait ses mains en place, sa paume toujours moite à cause de ce signal infime. Elle t'appellerait Munusri – «Manu» en abrégé –, un prénom qu'aux jours suivant ta naissance personne n'oserait prononcer à voix haute, si bien qu'on t'inventerait d'autres noms, moins douloureux.

Suis-je parfois présent dans tes pensées ? Ou est-ce que je me résume au gamin maigrichon du portrait accroché dans le salon ? Cette photo ne rend guère justice à mon visage – j'ai l'air triste et renfrogné, alors qu'en vérité je craignais seulement d'arriver en retard à l'école. Que dire. On ne saurait prévoir les récits et les traces qui nous survivront.

De temps à autre tu t'arrêtes en passant, ton regard mélancolique monte le long du mur vers mes traits. Tu m'imagines peut-être suivant ton père à travers champs, trayant la vache ou assis dans le *palli*. Il n'y a que ces images confuses, comme un feu qui crachote mais ne prend pas.

Un jour, tu trouveras peut-être les articles de presse que mon frère découpa dans les journaux et rassembla en espérant laver mon nom de tout opprobre. Quel vacarme il fit ! Les rapports me qualifiaient de Victime. Suspect.

Braconnier. Ma mort devint un cri de protestation ou de ralliement séparé du restant de ma vie.

Je n'ai aucune haine pour l'éléphant. Le temps ou l'homme le terrassera, même si dernièrement peu de gens ont croisé son chemin. Il s'aventura dans un village où des femmes se précipitèrent sur un toit et l'accueillirent avec des jarres d'eau bouillante. Une jeune sourde vit le Fossoyeur lancer un jaque contre un arbre. L'éléphant et elle se regardèrent un instant avant que l'animal plonge sa trompe dans le fruit, indifférent à la présence de cette fille.

Parmi les dernières personnes qui virent le Fossoyeur, il y a mon frère, même si la plupart des gens trouvent son histoire trop invraisemblable pour y croire. C'était l'Ottayan après tout, la bête dont le nom apparaît dans un western, celle qui figure dans les comptines et les cauchemars de tout un village. Jayan Shivaram a sûrement été ensorcelé par un rêve, aux images très convaincantes quand on passe la nuit en forêt.

Toute la journée, Jayan et Alias explorèrent les environs à la recherche du Fossoyeur. Jayan peinait sous le poids de mon barda et de son fusil, mais ces fardeaux n'étaient rien en comparaison de la terreur qui lui broyait le ventre.

Quand la lumière du jour diminua, Alias ne distingua plus les traces du Fossoyeur. Mon frère refusa de capituler et de rentrer à la maison. Il savait sans doute ce qui l'attendait là-bas.

Les deux hommes passèrent donc la nuit en forêt. Ils firent un petit feu et dormirent à quelques pas de sa chaleur déclinante. Un vieux truc : si les dos-verts apercevaient ce feu, ils tireraient sur les flammes, laissant à Jayan et à Alias une chance de s'échapper.

Incapable de dormir, Jayan repensa au coup de feu. Il repensa à mon expression craintive et suppliante lors de notre séparation.

Il sombra enfin dans un sommeil agité.

Au milieu de la nuit, il sentit un frottement rugueux contre sa joue. Il cligna des yeux et découvrit un tas de branchages et de feuilles étendus sur son corps. Il respira une bouffée d'air fétide. Et comprit.

Devant lui se dressait le Fossoyeur, soudain et silencieux, énorme. Il disposait une grande feuille de palmier sur le buste de Jayan, comme il venait de le faire pour Alias toujours endormi, que l'éléphant avait cru mort.

Le Fossoyeur s'immobilisa enfin au-dessus de mon frère, ses défenses luisant faiblement. Jayan respirait à peine. Il ne lisait rien dans les yeux du Fossoyeur, sinon l'éclat laiteux du clair de lune. Que conclure de son silence ? Était-il dérouté par l'odeur de merde sur les bras de Jayan ou par la puanteur âcre de la sueur qui ressemblait beaucoup à celle de ma propre peau ?

Voyez-le : mon frère, enseveli et le souffle coupé, au pied d'un arbre, en proie à une seule pensée. *Manu avait donc raison.*

Après cette pensée, une autre lui vient, une certitude qui l'étouffe lentement. Le restant de sa vie commence maintenant, avec toute sa tristesse et son amertume. Il ferme les yeux et prie pour que la patte de l'éléphant l'emporte en premier.

FIN

Remerciements

Je remercie le Wildlife Trust of India pour son remarquable travail de conservation, et en particulier Vivek Menon, son fondateur et président, pour l'aide immense accordée à ce livre. Je suis également reconnaissante à Jose Louies, fonctionnaire chargé de l'application de la loi. Pour plus d'informations sur le WTI, visiter le site wti.org.in.

J'aimerais aussi remercier :

La United States-India Educational Foundation et le Fulbright Program, surtout Neerahj Goswami.

Abhijit Bhawal, chirurgien vétérinaire des Services vétérinaires mobiles du WTI dans le haut Assam, dont les récits de sauvetage animal mériteraient un livre à eux seuls.

Babu O. S., une encyclopédie vivante en matière de pachydermes.

Surendra Varma, l'un des principaux chercheurs spécialistes des éléphants en Inde, qui a généreusement organisé mon propre voyage de recherches à Wayanad et m'a mise en contact avec plusieurs hôtes chaleureux et intelligents - M. Gangadharan Mangalassery, Vinayan P. A., Aparnadevi P. A., Sujin N. S. et Sabitha C.

La réserve de tigres de Periyar, en particulier Sanjay Kumar Ayyappan, sous-directeur, Binoy C. Thomas, Manu Sathyan et Shashi Kumar. En employant d'anciens braconniers, Periyar a formé une petite armée de gardes forestiers très compétents, dont plusieurs m'ont accordé leur temps et leurs connaissances, tels Malaichami, P. Deivam, Mahamaya et C. Pandyan.

Les ouvrages suivants m'ont aidée à écrire ce livre :

Elephants on the Edge: What Animals Teach Us About Humanity, de Gay Bradshaw.

Vers le cimetière des éléphants, de Tarquin Hall.

Deeper Roots of Historical Injustice: Trends and Challenges in the Forests of India, en particulier le chapitre rédigé par Ashish Kothari et Neema Pathak : « Conservation and Rights in India ».

Elephant Days and Nights, de Raman Sukumar.

« Elephant Poaching in Bandipur Tiger Reserve, Southern India », de Surendra Varma.

Merci à l'extraordinaire Nicole Aragi, pour sa générosité, sa foi et ses cadeaux en forme d'éléphant ; à Jordan Pavlin pour avoir donné son éclat à ce livre. À Duvall Osteen. À Caroline Bleeke, Brittany Morrongiello, Ellen Feldman, Annette Szlachta-McGinn et à la merveilleuse équipe de Knopf. À Jenny Assef, Peter Hlinka et Karen Thompson Walker, excellents lecteurs et amis.

À la famille Maru et à la famille James, envers qui ma dette est inexprimable.

À Vivek Maru, qui a accordé à chaque page de ce livre son attention et ses connaissances.

Et à Luka, qui est arrivé au moment idéal.

Le domaine Rue de l'échiquier fiction
est dirigé par **Mathieu Rivat**.

Charte graphique et mise en page (couverture & intérieur)
Séditions Graphiques / Ferdinand Cazalis

Photo de couverture : **cubicroot / Unsplash**

Relecture
Cyril Léclaircie / Gudrun Zett

Édition
Mathieu Rivat & Thomas Bout

Dans la même collection

- Ernest Callenbach, *Écotopia*
  Traduit de l'anglais (États-Unis) par Brice Matthieussent

- Amy Hassinger, *La Crue*
  Traduit de l'anglais (États-Unis) par Brice Matthieussent

- Norman Lock, *Un Fugitif à Walden*
  Traduit de l'anglais (États-Unis) par Brice Matthieussent

- Lieke Marsman, *Le Contraire d'une personne*
  Traduit du néerlandais (Pays-Bas) par Daniel Cunin

- James A. McLaughlin, *Dans la gueule de l'ours*
  Traduit de l'anglais (États-Unis) par Brice Matthieussent

- Rita Indiana, *Les Tentacules*
  Traduit de l'espagnol (République Dominicaine)
  par François-Michel Durazzo

- Klaus Modick, *Mousse*
  Traduit de l'allemand par Marie Hermann

Le papier de cet ouvrage est composé
de fibres naturelles, renouvelables, recyclables et fabriquées
à partir de bois provenant de forêts gérées durablement.

Numéro d'impression : 18487210502

Imprimé en France en juillet 2021
par la Sepec
à Péronnas (Ain)

IMPRIM'VERT®

Certifié PEFC

Ce produit est issu
de forêts gérées
durablement et de
sources contrôlées.

PEFC™
10-31-1470

pefc-france.org

D'IVOIRE ET DE SANG